老虎山

LAOHUSHAN

周镇明 ◎ 著

花城出版社
中国·广州

图书在版编目（CIP）数据

老虎山 / 周镇明著. -- 广州：花城出版社，2023.7
ISBN 978-7-5360-9995-1

Ⅰ.①老… Ⅱ.①周… Ⅲ.①长篇小说－中国－当代 Ⅳ.①I247.5

中国国家版本馆CIP数据核字(2023)第095896号

出 版 人：张 懿
责任编辑：李珊珊
责任校对：李道学
技术编辑：林佳莹
封面设计：李 玉

书　　名	老虎山 LAOHU SHAN
出版发行	花城出版社 （广州市环市东路水荫路11号）
经　　销	全国新华书店
印　　刷	佛山市浩文彩色印刷有限公司 （广东省佛山市南海区狮山科技工业园A区）
开　　本	880毫米×1230毫米　32开
印　　张	8.75　1插页
字　　数	170,000字
版　　次	2023年7月第1版　2023年7月第1次印刷
定　　价	45.00元

如发现印装质量问题，请直接与印刷厂联系调换。
购书热线：020-37604658　37602954
花城出版社网站：http://www.fcph.com.cn

谨以此书，敬献给在中国人民抗日战争中英勇牺牲的先烈们！

第一章

1

日本人在惠州大亚湾登陆时,11岁的黄友仔正在村后的白玉山上放牛,浑然不知自己的命运就此彻底改变。

所以,有很多故事,是他参加东江纵队以后才知道的。

再后来,他就成了这些故事的主角。

2

1937年,抗日战争全面爆发,日寇铁蹄肆意蹂躏,神州大地遍地赤烟,大片国土相继沦陷,而地处祖国南大门的广东,成为中国战略物资进口的主要门户。

为了进一步封锁中国抗战,并为下一步侵略东南亚抢占先机,日军加紧了侵略广东的脚步。1938年9月,日军大本营发出了进攻广州的军令,并将登陆地点选择在广东惠州的大亚湾。

1938年10月9日14时，日军第五舰队悄悄搭载着日本陆军第18师团、第104师团、及川支队共计4.5万人的兵力，从澎湖马公岛一路南行，10月11日傍晚，抵达大亚湾口外的虎头洋海面。

而惠州大亚湾离黄友所在的村子有一百多里远——这个地处东莞市凤岗镇中部、名叫凤德岭的小村，根本无法听到百里外日军钢铁魔兽发出的轰鸣。

时间像混浊的泥浆，沉重而滞缓地流过了60多个小时。

1938年10月12日，凌晨3时许。

一轮金黄的圆月亮挂在湛蓝的天空，月光如银色的绸缎在微腥的海风中飘落下来，轻纱一样罩在海面上，使得辽阔的海面波光潋滟。此时的海浪也一改白天的狂躁，变得平静而温柔，一漾一漾地向岸边缓缓偎过去，当浪花与堤坡、礁石相吻时，便发出碎珠溅玉般的声响，衬得大亚湾的夜空更加幽远。而在东海岸，坝岗、盐灶这两个小渔村早已沉入梦乡，天地间显得一片安详。

突然，海面上升起一颗大型的五色照明弹，它像一束鬼火刺破了这静谧的夜空。紧接着，无数颗小烟幕弹如骷髅般凌空炸裂，喷射出团团烟雾，形成一道长长的帷幔，明亮的月光被这道帷幔淹没，海空之间顿时变得昏黄不清。

刺眼的光亮惊醒了两条小村的狗们，它们先是对天狂吠了几声，随后惊恐地发现：海面上出现了无数条日本军舰，正劈波斩浪地急驰过来。在夜幕与烟雾的笼罩中，这些军舰活像一艘艘载着阴兵的鬼船，说不出的阴森与恐怖。

狗们看到的"阴兵"，正是日军的第五舰队，他们在夜幕的掩护下分三路在大亚湾登陆：左路第18师团在大亚湾左面和正面虾涌一带登陆；中路及川支队在盐灶背登陆；右路第104师团在大亚湾右面玻璃厂登陆。

在大亚湾至广州、珠江东岸一线驻扎的部队是中国第4战区第12集团军。时值中秋佳节，驻军中连以上的军官大多已经离开驻地到广州和香港度假去了，边防一线基本处于有防无守的状态。

是日拂晓，日军第18师团在惠阳的下涌、盐灶等处强行登陆后，中国守军第151师仅有一个营在当地布防，遭日军轰炸，死伤惨重。13日攻占平山；14日占领横沥，并进至惠阳南郊。第104师团登陆后于12日占领平海；13日占稔山、吉隆，到达惠州南面，尾随第18师团推进。14日黄昏，日军以优势兵力向惠州发动猛烈攻击，中国守军第151师稍做抵抗后于当晚撤退。15日，惠州失陷。16日，日军攻陷博罗后，主力向增城突进。及川支队则由惠州向广州做大迂回行动。

中国第4战区命令各部向广州附近集结，第65军增防东江。17日，第153师在福田一线击溃日军一个联队，迫使日军退回博罗；10月18日，日军先遣队包围、攻陷显岗、石坳。敌军继续向长宁推进，至16时，日军占领福田；19日晨，日军第18师团到达增城。国民党军队与日军激战，当晚撤退，增城失陷；20日晚，第4战区在广（州）增（城）公路两侧布防，阻击日军,将主力撤至粤北的翁源、英德一线,而以一部防守广州。21日,日军攻占沙河,并占领广州市区;日军第104师团向广州以北推进,攻占太平场;23日占领从化。与此同时,第5师团与海军配合,于23日攻占虎门要塞;25日攻陷三水;26日又陷佛山,于29日到达广州南郊。至此,日军控制了广州及附近要地。不到半个月,国民党军形同虚设的一道道防线被突破,广州战役结束。

日军占领广州后,遂派重兵驻守广九铁路线,企图打通广九线,接通粤汉、平汉以致北宁、湘桂等线,同时往东莞方向推进,妄图构筑"中国大陆交通线",为长期占领中国做准备。

3

1938年的冬天比往年更冷,寒风像箭矢一样从灰暗的天空射下来,一片肃杀景象。然而令凤岗人更不寒而栗的,是日本鬼子要打来了。

这个风声已经传了好几天,不少人拖家带口去香港避难。黄友的村子凤德岭村也是十室七空,但黄友家在香港没有亲戚,无处可去,这令他的爷爷和妈妈忧心忡忡。

乡下虽然闭塞,但还是不断传来前方的战事,日本人不断攻城掠地的消息像可怕的瘟疫在流传。"躲到香港去有用吗?那里还不是被东洋人占着。"爷爷无奈地对黄友说。

第一章

黄友紧紧握着小拳头说道:"为什么要跑呢?东洋鬼子真有那么可怕吗?"

妈妈正坐在场院里剁猪草,听后转过头对黄友道:"东洋鬼子有枪有炮,听说骑的马都有一人高,你说吓不吓人?"

黄友气鼓鼓地道:"我不怕,他要来打我我就打他!"

"你这孩子!"妈妈苦笑着摇了摇头,又自言自语地道,"总说鬼子要打来,到今天也没动静呀,说不定是个空话呢!想想也是,凤岗这么小的地方,日本人来干吗?"

爷爷吧嗒抽了一口旱烟,说:"是狼就要吃肉的,它才不管肥肉瘦肉。"

妈妈长长地叹了口气,再不说话,抬头看了看天,天空阴沉沉的,像一块裹尸布遮在头顶上,压得人透不过气,仿佛在预示着有一场大灾难马上要降临。

11月23日,农历冬月初二,小雪。

天气应景似的下起小雨,淅淅沥沥地令人沉闷恼郁。黄友吃过早饭,扛起锄头去帮爷爷锄地,刚走出村口,猛然听到西边传来枪炮声。黄友吃了一惊,侧耳细听,是从邻镇塘厦方向传来的。

"日本鬼子来了!"黄友的心剧烈地跳了跳,他把牛绳递给爷爷,飞快地跑回家拉起妈妈,一家人仓皇往山上跑去。

枪声越来越密集,也越来越近,就像在身边有一口热锅在炒豆子,噼噼啪啪地响个不停。黄友踮起脚尖往西边看,发现西边的天堂围村上空有两架日本飞机在盘旋,它们绕了几圈,又朝塘厦方向飞去。黄友松了一口气，心想他们应该不会飞回来了。但是枪声却越来越稠密，暴风骤雨似的在山谷间回响。妈妈倚在树干上哭了，悲伤地说："日本人还是打进来了。"爷爷搂着黄牛的脖子，沉默得像两截枯树桩。

大约一炷香的时间后，天空中又传来嗡嗡的马达声，是那两架飞机又飞回来了，他们在天堂围火车站上空俯冲盘旋，不时朝地上吐出火舌，黄友一拳头恨恨地砸在树干上，眼里喷出的怒火把泪水都烧干了。

枪声零零星星地直到傍晚时分才停息，从山上往下看，天堂围、塘沥、凤德岭、雁田、官井头……从西到东，到处都在冒着浓烟，日本人在凤岗烧杀抢掠了一整天。

黄友一家人天擦黑才从山上下来，所幸的是，他们家的那栋土房子躲过此劫。但听村里人说，日本人的飞机在天堂围火车站打死了4个人，而他们，是准备逃往香港的凤岗村民。

1938年11月23日，凤岗全境沦陷，日寇铁蹄踏碎了这座美丽的岭南小镇。

4

"读书不作儒生酸，跃马西入金城关。"就在日本人占领凤岗10天后，亦即1938年12月2日，一支抗日武装——惠宝人民抗日游击总队在惠阳县周田村成立，而担任总队队长的，是一名叫曾生的书生。

第一章

曾生原名曾振声，1910年出生于深圳坪山石灰陂村。父亲曾庭杰是澳大利亚华侨，母亲钟玉珍是龙岗圩沙梨村人。

曾生从小就立志救国救民，追求革命真理，他敬仰中国民主革命先行者孙中山先生，心怀报效祖国、振兴中华的志愿。1933年7月，他进入中山大学读书，开始接受马克思主义熏陶，从此走上革命道路。

曾生领导的惠宝人民抗日游击总队总共只有100多人，他们以坪山为基地，与王作尧等领导的东（莞）宝（安）惠（阳）边人民抗日游击大队互相配合，并肩战斗，开展东江敌后抗日游击战。

1939年1月1日，中共东莞中心县委及宝安、增城中共组织领导的人民武装在东莞县苦草洞整编，成立东（莞）宝惠边人民抗日游击大队，王作尧任大队长。

惠宝人民抗日游击总队和东宝惠边人民抗日游击大队共200余人，分别使用国民革命军第四战区东江指挥所第3游击纵队新编游击大队和第4游击纵队直辖第2游击大队番号。

日军对此大为紧张，加紧了对游击队的"围剿"。

各地的伪军和土匪与日寇沆瀣一气，趁火打劫，疯狂报复和杀害抗日军民。

1939年2月底，一股土匪流窜到凤岗，霸占了传道授业二十多年的书香之地兴贤学校，作为其匪巢，趁火打劫，祸害乡里。

5

1913年，旅居牙买加的华侨彭组绅回故乡黄洞村定居，斥巨资创办了凤岗镇第一所学校，取名兴贤。

然而日寇的铁蹄踏破了凤岗学子求学的美梦。

原本指望培养贤才的学校竟然沦为匪窝。

这是一股从增城流窜过来的土匪，匪首叫陈渠，广东增城人。陈渠自幼家境赤贫，六岁起便给地主放牛，但自小凶残狡诈，十六岁时，他强奸了地主家的一个女儿，从此亡命天涯，最后纠集几十人一起上山当了土匪，干起打家劫舍的勾当。

陈渠和其他九个小头目，结拜为兄弟，号称"增城九虎"，陈渠排行第四，加上长得黑，江湖人称"陈黑四"，又叫"黑屎"。

陈渠虽排行老四，却野心最大，他不甘屈居人下，这一年，他拉出二三十个土匪一路流窜到凤岗，自立山头。他自知势力太小，于是主动勾结日寇，烧杀抢掠，欺压百姓，无恶不作，凤岗及周边地区的老百姓对其恨之入骨。

1939年3月底，东江游击队指挥所决定派王作尧率领第四游击纵队直辖第二大队一中队消灭陈渠。

王作尧到凤岗后，派人侦察陈渠一干匪徒的行踪，但陈渠一伙十分狡猾，他们化整为零，常常是抢一桩就换一个地方，行踪不定，很难一网打尽。

第一章

正当王作尧一筹莫展的时候，黄洞村一个村民向游击队报告了一个重要情报：农历三月二十七日是陈渠生日，那天他将在兴贤学校大摆生日宴。

时间一晃就到了这天。

夕阳残照下的黄洞村显得跟往日有些不一样，破败萧条中又透出几分紧张和不安，因为今天是匪首陈渠的生日，平时难以聚集的一干土匪早早地来到兴贤学校，吆五喝六地在里面打纸牌，愣是把一所学堂搞得乌烟瘴气。薄暮时分，又来了一个班的日本兵，由一个小队长带领着，歪歪斜斜地前来贺寿。

匪首陈渠今天穿着大红马褂，满脸油光，头顶瓜皮帽，不停地打躬作揖，好不得意。

正闹着，外面突然传来一阵锣鼓声和鞭炮声，只见五六个青年农民抬着半片大肥猪、一头大肥羊，还有几坛子酒，后面还有一支麒麟队，吹吹打打的，好不热闹，一个浓眉大眼的汉子走在最前面——此人正是乔装打扮的王作尧。

陈渠怔了怔，忙放下酒杯迎上去，疑惑地问："你们这是……"

王作尧抱拳回道："陈爷，今天是您生日，我们凑了些酒啊肉的，特地给您拜寿来了！"

陈渠听了，心下大快，仰头哈哈大笑，手一挥，便让村民把酒肉抬进来。一个日本小队长突然喝道："等一等！"疾步上前，瞪着王作尧喝问道：

"你的，游击队的干活？"

"太君，你太会说笑话了。我们就是这个村的村民，哪是什么游击队呀！"

"真的不是游击队？"

"如说假话，太君就把我刺啦刺啦的！"王作尧说着，在自己颈脖里划抹了一下，弯腰舀起一碗酒，自己先喝了一口，再递过去，笑眯眯地说："太君请尝尝。纯高粱酒，大大的好！"

小队长不接酒，背着双手围着新来的人群转来转去，气氛变得有些紧张起来。陈渠见势头不对，忙把小队长拉到酒桌上，点头哈腰地说："太君，这些人是黄洞的村民，都是良民的干活。来来，我敬太君一杯，先干为敬。"说完一仰脖子，"咕咚咕咚"几口将一碗酒喝了个底朝天。

王作尧见了，朝麒麟挥了挥手，麒麟就地一个翻滚，摇头摆尾地舞将起来，一时间又鞭炮齐鸣，锣鼓喧天，日军和土匪们边吃边看热闹。突然，坐在首桌上的那个日军小队长胸口冒出一朵大红花，随即像条麻布袋软软地倒了下去，紧靠在身边的陈渠吓得目瞪口呆，旋即明白过来，指着麒麟队大喊道："他们是游击队！"唰地从板凳上站起，正想拔枪，王作尧眼疾手快，"啪"的一枪，将陈渠击毙。几个日本兵和土匪欲去取枪，却被游击队员团团围住，土匪见势不妙，纷纷举手投降。还有几个日本鬼子负隅顽抗，一个个被打成筛子。

这一仗打死日军9名，击毙、俘虏土匪40多人，缴获一批枪械，彻底消灭了陈渠这股土匪。

第二章

1

兴贤学校终于又响起了琅琅的读书声。

黄友也在读书,但不在兴贤,而是在离他家不远的纂香书室。

纂香书室是凤岗地区最大的古书室,位于凤德岭上村,建于清乾隆五十二年(1786年),其建筑独具一格,正面呈牌楼式格局,四檐滴水,采用浮雕等工艺装饰;七开间砖瓦结构的平房并列,中间门楣上有"纂香书室"四个立体大字,字体苍劲有力,乃嘉庆年间岭南才子宋湘所题;左侧门楣上有"儒林第"三字。书室为四进房,三个敞开的天井把正厅、中厅及后厅厢房分开。正门高大而宽敞,正门两侧厢房檐下有一道长长的琉璃扇贝凸形浮雕。大厅两侧和厢房隔墙有一条长约一米的琉璃六角形窗花,厢房隔墙两侧走道敞门顶部为蝙蝠形半圆。门窗顶部有二层三格浮雕图案。厢房两侧门柱为粗圆硬木,下垫麻石。正厅、中厅和后厅及厢房门柱为抬梁式穿斗混合结构。书室前建有半月形矮墙,用沙石、黏土、石灰混合夯实,内砌青砖,上盖灰瓦,屋脊为雕花船形,两头的脊尖呈鳌鱼吻形,古香古色,极具客家建筑风格。

在纂香书室读书的大都是凤岗本地的孩子,但以凤德岭的学生居多。教书先生有两个:一个是留着山羊胡子的张先生,他住纂香书室内,负责整个书室的教学,主要教一些子曰诗云的古文;另一位是叫李雪梅的女老师,负责教数学和音乐,但她是义务教学,不收任何费用,但上课也不是固定的,有时缺席一两天,偶尔还有一周不见人的情况,处处透着神秘。

雪梅老师二十多岁,身材瘦小,留着齐肩短发,浑身上下透着一股干练劲,她为人非常和蔼,脸上总挂着淡淡的微笑,像白玉山上盛开的一朵茉莉花,深得同学们的喜爱,每天都巴望着她来上课。

黄友最喜欢的是雪梅老师教他们唱歌,但唱得最多的是两首歌,一首是《义勇军进行曲》,另一首是《只怕不抵抗》的儿歌。

> 打起小铜鼓,隆咚隆咚锵
> 手拿小刀枪,冲锋到战场
> 一刀斩汉奸,一枪打东洋
> 不怕年纪小,只怕不抵抗
>
> 吹起小喇叭,嗒嘀嗒嘀嗒

第二章

打起小铜鼓,隆咚隆咚锵

不怕年纪小,只怕不抵抗,

只怕不抵抗!

每当唱这两首歌时,雪梅老师总是眼含热泪,不能自已。她跟同学们讲鸦片战争,讲八国联军火烧圆明园,讲"九一八事变",讲日本协助成立伪满洲国,讲"一二八事变",讲"华北事变",讲"七七事变",讲"八一三事变",讲南京大屠杀,讲广州沦陷,讲日军对东莞的烧杀抢掠……讲到伤心处,雪梅老师便哽咽不能语,黄友和同学们小小的胸膛里充满了国仇家恨。

一个星期三的上午,几天不见的雪梅老师突然出现在书室门口,同学们欢腾起来,像一群小鸟扑上去,围着雪梅老师叽叽喳喳地说个不停。

今天雪梅老师带给大家一支新歌,是《游击队之歌》:

我们都是神枪手

每一颗子弹消灭一个敌人

我们都是飞行军

……

没有枪没有炮

敌人给我们造

……

黄友学这首歌时，脑海里不断浮现出游击队英勇杀敌的场面，这令他热血沸腾。他听爷爷说东莞也有几支游击队，但从来没见过，游击队对他来说有些神秘，也令他向往。

陈雪梅带领同学们唱了几遍，然后在讲台上演讲道："同学们，我们的家园被践踏，亲人被残杀，财产被掠夺，这一切的一切，都是日本鬼子侵略造成的。作为中国人，我们应该怎么办？"

黄友举起拳头，双眼圆睁，大声地回答道："消灭日本鬼子，把敌人赶出中国！"

"对！只有把日本鬼子赶出中国，我们才能建设自己的家园，过上幸福的生活！"

下课后，雪梅老师把黄友叫到一个僻静处，详细地询问了他家里的情况，最后问道："黄友仔，你愿意做游击队的交通员吗？"

"做游击队的交通员？交通员是做什么的？"

雪梅老师压低声音说："就是给游击队送情报。"

黄友激动地道："我愿意！"随之又惴惴不安地问道，"我行吗？"

雪梅老师鼓励道："其实我已经观察你很久了，你肯定行！"

黄友急切地问道："那我该怎么做呢？"

"你去找两个人，一个是你们村的黄甫仁，另一个是官井头的巫亚娘,他们都是游击队的地下交通员。"

黄友听得大吃一惊,连忙问:"什么,我仁叔是地下交通员?"

雪梅老师微笑着说:"对,他是我们游击队的交通队队长。"

黄友兴奋得直搓手,连连说:"原来是这样!原来是这样!"

雪梅老师又交代了一些保密知识,最后叮嘱道:"黄友仔,你要好好学习文化,等全国解放了,要靠文化建设我们的国家呢!"

"嗯!"黄友重重地点了点头。

2

当天傍晚,黄友就迫不及待地去找黄甫仁,但四门紧闭,也不知仁叔去了哪里。这天夜里,黄友躺在床上像翻煎饼似的睡不着,参加抗日游击队的愿望像团烈火在他胸中团团燃烧,直到鸡叫他才迷迷糊糊地睡过去。

黄友一觉醒来时,日头已晒屁股,他一骨碌爬起,抓起衣服就往外冲,树下的那头大水牛已被爷爷牵去吃草了,他心里涌起一股深深的内疚,赶忙洗了脸,拿起扫帚把屋前屋后打扫得干干净净,又去菜地里挖几个红薯和一兜白菜,回家做早饭。

黄友不知道有多长时间没吃大米饭了，红薯稀粥饭他早已吃得发腻，只要一闻到红薯味，他就感到胀气吃不下，可除了红薯，家里确实没有其他可吃的粮食。有一次他实在吃不下了，埋怨道："爷爷，为什么我们家总是吃红薯？"

爷爷爱怜地看了看孙子一眼，既惭愧又无奈地说："还不是小日本仔害的！只有把小日本仔赶走了，我们才吃得上白米饭。"

爷爷的话使黄友想起了以前的事：每到收粮的时候，那些白狗仔便穷凶极恶地来上门抢粮食，将农民辛辛苦苦的保命粮抢得一干二净，然后送给日本鬼子做军粮。

所以每次吃红薯时，黄友就不由自主地恨起日本鬼子和狗汉奸。有时腻得实在吃不下了，便将红薯想象成敌人硬咽下去。

然而哪怕是吃红薯，也要煮成粥，因为红薯都不够吃。这时黄友把红薯粥做好了，坐在门槛上等爷爷和妈妈回来。

草梢上晶莹的露珠早已经被太阳晒干了，云雀在蔚蓝的天空下自由地飞翔，它发出欢悦的叫声，犹如清脆的铃音在空中流淌。淡蓝色的炊烟薄纱似的袅袅升起，但很快就被晨风吹散了，在充满微香的空气里散得无影无踪。

黄友望着连绵起伏的山峦，心里充满无限了憧憬。他仿佛看到自己背着驳壳枪，像头小鹿似的在山里跳跃，跟着游击队神出鬼没地打鬼子。想到这些，他的嘴角不由得泛出浅浅的微笑。这时耳边突然响起爷爷的声音："乖友仔，你在想什么呢？看把你乐的！"

黄友赶紧站起来，拍了拍屁股上的灰，脆声说："爷爷，我在想山里面打游击的那些叔叔这时在干什么！"

爷爷伸出粗糙的手掌摸了摸黄友的头，笑呵呵地道："我们家的乖友仔做梦都想参加游击队。"

吃饭时，黄友看着爷爷和妈妈说道："爷爷，妈咪，我想去参加游击队打日本鬼子。"

妈妈担心地说："你这么小，怎么打日本鬼子呀？"

"妈妈我不小了，都13岁了。"

妈妈唬得脸都变了色，紧盯着黄友说："儿子，你怎么这么大胆子？打日本仔弄不好会没命的。"

"日本鬼子一天不赶走，我们分分钟都可能没命。"

妈妈求助似的看着爷爷，没想到爷爷说道："孩子他妈，你就让他去参加游击队试试吧！现在日本鬼子侵略我们，到处杀人放火，弄得我们国不像国，家不像家，我这个糟老头子是没力去杀敌人了，但友崽还年轻，让他锻炼锻炼，说不定还真能成为英雄呢！"

妈妈还是犹豫不决。爷爷继续说道："友崽儿机灵，会没事的。再说了，你不打敌人他不打敌人，那谁来打敌人呢？难道还让日本鬼子永生永世在我们土地上作恶呀！"

妈妈听爷爷如此说，便再不好说什么了，低头抹起泪来。黄友扑进妈妈怀里，撒娇道："妈咪，打仗时我躲着子弹跑，它就打不到我了。"

妈妈听到这句话忍不住"扑哧"一下笑出声来，她紧紧搂住黄友，哽着声音说："我的崽人小志气大，一定会打败日本鬼子。"

这天傍晚，黄友来到黄甫仁门前，小声喊道："仁叔！仁叔！"

黄甫仁正在整理文房准备收铺子，听到叫声，忙从柜台里探出头来，看见是黄友，心里已明白了几分，但还是假装糊涂地问道：

"黄友仔，找我有什么事吗？"

黄友警惕地朝四周看了看，见没人，便一溜烟地蹿进铺子里，对黄甫仁附耳说道："仁叔，我想参加游击队。"

黄甫仁笑眯眯地道："你想参加游击中队找我干什么？"

"因为你是东江游击队的交通员呀！"

黄甫仁故作吃惊地问："谁跟你说的？"

"雪梅老师！"

其实雪梅老师早就跟黄甫仁沟通过了，但他还是有点不放心，问道：

"这事除了你知道，还有谁知道？"

"没有第二个人知道！您放一百二十个心，这事就连我爷爷和妈妈我都没说。"

黄甫仁松了一口气，教育道："以后切切记住了：不该问的不问，不该看的不看。"

黄友一个立正，敬礼答道："是！"接着又嘻嘻笑道，"仁叔，您是答应我参加游击队了？"

"不行，不行，你还是个小放牛娃，还没一支枪高，参加什么游击队？"

黄友气鼓鼓地道："没有枪高就不能打鬼子了？古代的岳云还不是少年英雄！"

黄甫仁不禁乐了，说："就是要参加，也要你的爷爷和妈妈同意。"

"他们同意了我才来找您的！"

"你说什么？你爷爷和妈妈同意你参加游击队？"

"当然了！"黄友不无骄傲地说。

黄甫仁不由得愣了，他没想到事情会是这样，心里想了一轮，遂对黄友说："你先回去，待我问过你的爷爷和妈妈再说。"

黄友很是无奈，一边走一边说："仁叔，就是您不答应我也要参加游击队，反正我赖上你了！"

黄甫仁轻轻拍了拍黄友的肩膀说："你先回去，以后的事以后再说。"

过去了四五天，黄甫仁这边没有一点消息。黄友急了，这天一大早，他又急不可耐地朝黄甫仁家里跑去，可又是大门紧闭，空无一人。

一股失望而沮丧的情绪顿时涌上黄友的心头，他已猜到仁叔不同意他参加游击队，同时这也激起了他的倔强，于是每天往黄甫仁家里跑好几次。他已下定了决心,就算黄甫仁不理他,甚至打他、骂他,他都不在乎!他的目的只有一个:死也要参加游击队。

其实黄友的一举一动黄甫仁都看在眼里。他既心疼又感动:打仗是要死人的,可黄友还只是一个刚刚十三岁的孩子,万一……所以他迟迟不同意黄友参加游击队。可现在看来,黄友这孩子是铁了心了!

这样僵持了一个多月,黄甫仁终于撑不住了,这天傍晚,黄甫仁主动来到黄友家里,最后一次征求黄友家长的意见。

黄友的爷爷递给黄甫仁一袋旱烟,说:"甫仁啊,黄友是我家的仔,也是你家的仔。我知道你的心思,怕他在战场上出什么意外。孩子都是大人的心头肉啊,谁愿意割自己的心头肉呢?可友仔心早就不在家了,已经飞到游击队了。他既然下了这个决心,就让他去吧!"

"叔,我……"黄甫仁心头一热,说不出话来。他一把揽过黄友,眼里噙着泪说:"友仔啊,你爹在国外谋生,这么多年来我一直把你当亲儿子看。你要上战场,叔既高兴,又不舍。参加游击队,要受很多很多的苦,你吃得了这个苦吗?"

"叔叔,您放心,什么苦我都吃得了,绝不给我们黄家祖宗丢脸!"

"有时打起仗来,部队要急行军的,一夜要走近百里路。你跟得走吗?"

"跟得上,我保证一步都不落下!"

黄甫仁抹了一把脸,郑重地对黄友的爷爷说:"叔,请您放心,我就是拼了命也会保护好友仔的!"

黄友激动地摇着黄甫仁的手,迭声问:"叔,您这是批准我参加游击队了吗?"

黄甫仁重重地点了点头,说:"是的!"

黄友高兴得手舞足蹈,原地转起了圈圈。可他不知道,他亲爱的妈妈正在房间里抹眼泪……

3

黄友终于如愿以偿地参加了游击队,嚷嚷着要参加战斗。黄甫仁说:"你现在还不能上前线,要先做一段时间的地下交通员。"

像一盆冷水兜头浇下来,黄友心里涌起一股强烈的失落,嘴巴嘟得能挂一把茶壶,瓮声瓮气地问:"为什么?"

"没有为什么,服从命令!"黄甫仁斩钉截铁地说。

"可做交通员我也不懂。"

"我带你去见一个人,你先做她的下线,学习一下地下交通中的工作。"

"是谁?"

"是官井头村的人,叫巫亚娘。"

"哦!"黄友还是有点不大情愿。

其实他不知道,黄甫仁是在暗暗保护他。

黄友年纪太小,又是独子,如何保护好他是黄甫仁的一个心病。为这事他跟雪梅老师商量了好几次,最后还是雪梅老师想到了巫亚娘,才有了这样的安排。

巫亚娘学名叫巫官莲,家住在官井头附近的南塘围,这是一个小村庄,周围是起伏不断的高山,林密草长,沟壑纵横,十几户人家像风吹散的松果散落在一条山沟里。向南,是一条蜿蜒的小路,通往官井头村的平坦公路。向北,连接着嶂厦村、南门山村。1938年,日军占领凤岗,中共广州外县工委在此建立凤岗第三个地下党小组,开展抗日斗争。43岁的巫亚娘目睹敌人杀我同胞,焚我房屋,无恶不作,她虽不识字,却也懂得什么叫家仇国恨,日本鬼子的暴行她一一记在心里,后来在中共地下党员黄甫仁的引导下,逐渐走上抗日的道路,成为游击队的地下交通员。

1939年初,王作尧率一部抗日游击队驻扎在南塘围,其中有一个班住在巫亚娘家里。巫亚娘腾出家里的床让伤员睡,自己和孩子则睡在地上。有时床铺不够,战士们只好睡地铺,巫亚娘就把干稻草铺得厚厚的,软得像沙发,让战士们睡得舒舒服服。有时候游击队冒雨行军打仗,全身湿透,巫亚娘就生火为战士们烘干衣服,她先把铁锅烧热,然后把战士们的衣服贴在锅面上,衣服马上冒出一股股水汽,巫阿娘迅速把衣服翻过来,再贴上,直至衣服干透。她烤得认真仔细,就像为自己的儿子烘衣服那样。负伤的战士住在她家,她倾其所有,为他们做好吃的饭菜,替他们洗补衣服。有一天半夜,有一位战士的伤口疼痛,巫亚娘想起一个偏方,就冒雨到几里外的嶂厦村买来南瓜,取瓤为他敷伤口,一周后,这位战士的伤口竟然痊愈了。

巫亚娘胆大心细,为了战士的安全,她利用自家房屋靠山的条件,把窗户伪装成可灵活折叠的小门,开辟了一条通往山村的秘密通道,便于战士们快速疏散。有一次,东江纵队的领导黄克在巫亚娘家养病,遇到敌人的突袭,黄克从这个特殊的窗户得以顺利撤离。

在去巫亚娘家的路上,黄甫仁把巫亚娘的这些事迹讲给黄友听,黄友听得大为敬佩,但心里还是有些疙瘩,觉得做地下工作还是没有在前线杀敌来得痛快。黄甫仁自然知道他的小心思,说:"做好地下工作,不仅能保护自己,也能消灭敌人!"

黄友有几分不解,也有几分不服气,扑闪着大眼睛问:"地下工作又不是上阵杀敌,怎么能消灭敌人?"

黄甫仁摸了摸黄友的脑袋,说:"那我还是继续讲巫亚娘的故事给你听吧!有一次,巫亚娘担着柴去龙岗卖,刚走出官井,看见一队鬼子准备来凤岗扫荡,就把柴担一丢,抄小路赶回家,通知部队转移伤员,使日本鬼子扑了一个空;还有一次,上级限两小时内要把情报从坪山送达阳台山,巫亚娘受命后,脚穿草鞋,身着节日服装,头戴围巾,手挎藤篮,打扮成走亲戚的模样，爬山过坳，按时把情报送到目的地；又有一次，巫亚娘接受游击队的命令，安全地把一批手榴弹从横岗深坑送到布吉的同志们手中，帮助游击队打了胜仗。像这样的事例，举不胜举。你说，巫亚娘的地下交通员工作是不是救了很多战士，消灭了很多敌人？"

听完这些故事，黄友惭愧地低下了头，不好意思地说："仁叔，我一定会做一个合格的地下交通员。"

黄甫仁欣慰地笑了，亲切地拍了拍黄友的肩膀，鼓励道："我也相信你会成长为一个优秀的交通员。"

不料黄友又突然蹦出一句："不过我有一个要求。"

黄甫仁不解地问："什么要求？"

"就是等我大一点了，一定要上前线杀敌！"

黄甫仁愣了一愣，摇头道："你这家伙，真是头倔驴！"

黄友急切地问道："仁叔你答应我吗？"

"我可以答应你，但也有两个条件！"

"两个什么条件？"

黄甫仁伸出两个指头道："第一，你要好好念书，认真学习文化知识；第二，交通员工作一切要听巫亚娘指挥，不得擅自行动。"

黄友爽快地答道："没问题，这两条我一定做到！"

两人一路走一路聊，不觉已到了巫亚娘的家。巫亚娘正坐在一把竹椅上缝补衣服，看见他们俩，像见了亲人似的迎上来，呵呵笑道："来的就是黄友仔吧？来来来，让大婶好好看看。"说着一把把黄友揽进了怀里。

一股浓浓的温暖刹那间涌上黄友的心头，他的眼不由得一下湿润了。眼泪朦胧中，他看见门前的那根大槐树上挂着一块木板子，上面写着几排字，他知道这是给游击队员们上课用的。

但凤岗已放不下一张宁静的书桌了。

第三章

1

1939年10月2日夜里10点多,国民革命军独立九旅属下一个连队的130多名官兵经韩屋、水沥,沿着塘天公路撤退到天堂围蕉坑附近宿营。黄昏时分,400多名日军紧追到蕉坑,埋伏在蕉坑一带的山岭间,准备伺机围歼国民党军。

最先发现这两支部队的,是天堂围的村民。

又要打仗了!

这令他们极其恐慌,不得不扶老携幼地惶惶逃生。

凤岗再次陷入莫大的恐惧中。

但奇怪的是,整个白天都静悄悄的,安宁如常。

这令黄友困惑不解,吃晚饭时他忍不住问爷爷道:"爷爷,日本人怎么没动静?是不是不打了?"

爷爷长长地叹了口气,放下饭碗说:"白天不打,不等于晚上不打。国民党军和日本人都还埋伏着呢,没有撤走。"

黄友不再吱声,他知道这一仗是无可避免的了,这时他的心揪了起来：国民党军打得赢吗？

黄友如坐针毡，心里像有一团火在烧。

夜色像一帷铁幕笼罩下来，空气沉闷得让人窒息。

人们不敢在房子里睡觉，全部躲到了山上。

黄友和爷爷、妈妈则躲在屋后红星楼里。

红星楼是凤德岭村牙买加华侨黄乾业建的一座碉楼。碉楼是凤岗一带独有的建筑景观，是侨胞下南洋后用赚来的血汗钱寄回家乡建起来的中西合璧的一种防御性的建筑，鼎盛时期，凤岗有一百二十多座这样的碉楼。

这红星楼楼高七层，墙体用石灰、黏土、砂石加糖水、糯米混合拌料，待发酵七日后再加入黄牛浆踩均匀，然后用杉木板夹着，舂实而成，厚达一米多，异常坚固。在碉楼与房屋之间，有一条宽约一米、长约五米的窄巷，它把二者连在一起，使碉楼和围屋成为一个整体。平常时节，人们在围屋里居住生活，如有兵匪来袭，则躲进碉楼里，因此每层楼都开有三个窗户，窗框为坚硬的花岗石所制，窗栅的铁棍足有小孩手腕粗细。除窗户外，每道壁墙上还开有一个瞭望孔，形如竖立的扁状漏斗，又像一个拉长横卧的"8"字，外口细长，视觉宽阔，内配有木塞，用之则取，不用则塞。除了瞭望孔外，还开有为数不等的圆形射击孔，其内部开口大如饭碗，便于射击时观察，而外孔小若鸡蛋，刚容枪头伸出。楼顶为哥特式尖拱，屋檐却铺着中式的翡翠色瓦筒。楼顶南、北两侧写着英文R.S.BUILDING，"红星楼"三个鲜红的大字分别写在东、西两方,在湛蓝的天空下熠熠生辉。

在碉楼里没躲多久,有人说怕日本鬼子用毒气熏,于是大伙又连忙转移到白玉山上。

山上大树参天,灌木丛生,黄友前几天在一道山坡坎下搭了两个简易的"人"字形草棚,一个妈妈用,另一个则是自己和爷爷用,这两个草棚是他们一家人的"避难所"。

黄友毫无睡意,躲在用稻草铺的"床上"辗转反侧。

半夜时分,天堂围方向终于传来密集的枪声。

战斗打响了!

国民党军张连长把全连三个排分成三路,从东、北、南三面突围。

北面突围的国民党军前进到一处山坡时,不料被日军哨兵发现,立即开枪射击,枪声划破宁静的夜空,和衣抱枪而睡的日军被惊醒,一个日军少佐骑上马,指挥日军向国民党军冲杀。张连长从机枪手那里拿过机枪,一个点射,马上的日军指挥官应声倒地。

日军见指挥官被打死,并未慌乱,而是更疯狂地朝山腰射击。

敌人居高临下,北路的国民党军被压在山腰动弹不得,而敌人见夜色漆黑,也不敢下山,双方陷入僵局。

与此同时,东、南二路的国民党军已与日军交火。

双方激战至午夜,腾空而起的硝烟把月光都遮蔽了,密集的枪声像不透风的雨点,有时又夹杂着手榴弹的爆炸声,整个

第三章

蕉坑就像一口爆炒豆子的热锅,噼噼啪啪的声音响个不停。

敌人的火力太过密集,国民党军根本无法突出重围。战斗间,张连长灵机一动,派出一个排的兵力声东击西,利用夜色与日军周旋,日军分不清敌我,看见人影就射击,结果自己打自己,死伤一批。张连长利用这个有利时机,迅速冲上蕉坑岭顶九仔嵌,占据了有利地形。日军气急败坏,在迫击炮火的掩护下一次次向山上猛攻,都被国民党军击退。

双方鏖战至次日拂晓,国民党军仍坚守在九仔嵌。

此时全连只剩下50多人,三个排长全部阵亡,张连长身上多处负伤,弹药也所剩无几了。

但日军也被打蒙了:400多人打100多人,打了一夜愣是未打下来,这令他们心头有些发怵,便呼叫空军赶来支援。

三架日军飞机呼啸而至,他们肆无忌惮地在山顶盘旋,在国民党军阵地上扔下炸弹,火光爆闪的同时,发出一阵阵轰隆隆、轰隆隆的剧烈爆炸声,巨大的石块崩裂开来,纷纷跌下,一条条烟柱像黑色的蛟龙腾空而起,它们裹着石块、泥土、树枝和人的残肢像旋风一样向空中卷去,空气中到处弥漫着刺鼻的火药味和血腥味,整座山头仿佛都在摇晃、下沉、融解。

在敌人猛烈的攻击下,九仔嵌已是寸草不存,被炮火削断了的树木冒着一股股青烟,这时阵地上只剩下不到30个人了。

狂轰滥炸一番后,日军又开始嗷嗷叫着往上冲,此时国民党军已弹尽粮绝,于是端起刺刀,与冲上来的日军展开肉搏。

此时一些大胆的村民也遥相呼应国民党军，他们在村子里一边打锣一边大声呐喊，有的还放起鞭炮，这一招真管用，敌人不明真相，忙从山上撤了下来。10多个幸存的国民党军士兵趁机突围，被塘厦镇桥陇村的村民救起。

日军费尽九牛二虎之力攻上九仔嵌，发现伤兵业已撤退，遂指挥飞机扩大搜索范围，日军飞机以九仔嵌为圆点进行搜索，当飞到凤岗塘沥村细帐背松山沟时，发现树枝上晾着衣服，不由得喜出望外，对着山沟疯狂射击轰炸，直到把弹药打光，这才悻悻飞走。

但日军炸死的不是国民党军和游击队，而是塘沥村躲避战乱的村民，有33位村民被炸死，另有几十人被炸伤，这便是震惊华南地区的"细帐背惨案"。

2

蕉坑突围战日军并没讨到多少便宜，这令驻扎在樟木头的长濑气急败坏。这天他突然想到：如果不是附近的村民鸣锣放炮打掩护，日军定可全歼国民党军！

这令他胸中腾起一股浓浓的杀意。

一周后，亦即1939年11月中旬，长濑亲率一百多名日伪军进犯凤岗，进行疯狂报复。

天堂围村饱受战火蹂躏，早已十室九空，长濑扑了一个空,于是直接朝两里外的塘沥村逼去。

塘沥村是凤岗镇的一个村落,早在明末清初就已立村,地处凤岗镇中部,其东与凤德岭村相接,西和五联村相连,南与雁田村相邻,北和黄洞村相交,下有塘沥、碧湖、楼厦、凤凰围、芦竹田、正合6个自然村。

长濑首先扑进的是塘沥村下面的凤凰围。

这天天空阴沉沉的,由于是农闲时节,凤凰围村的几个村民吃过早饭正在一棵大榕树下象棋,突然,一阵杂乱的脚步声从村头传来,村民抬头一看,只见一队鬼子和伪军已杀进村来,大家惊惶失措地逃散,一边大喊:

"快跑,快跑,鬼子又进村了!"

刚宁静了几天的村庄顿时又鸡飞狗跳。

长濑的双眼里迸出野狼一样的凶光,他今天要杀鸡儆猴,让凤岗人彻底臣服在大日本皇军的淫威下。他恶狠狠地下了一道命令:

"不许放过一人,不许漏过一户。发现家中有枪的,就地格杀!"

鬼子和伪军疯狗一样地冲进房子,翻箱倒柜,见人就抓,不一会便搜出十多条土枪,抓了一百多人,然后把村民押到附近的塘沥圩。

塘沥圩位于塘沥村,是凤岗建圩最早、最热闹的一个圩。东西两端建有东门楼和西门楼,圩场一条"金"字形瓦顶的长廊,颇为气派,商铺林立,有布匹车衣行、文具百货铺、药店、酒米铺、杂货店、水果店、糖果饼铺、便食店、鞋店、缸瓦铺、寿衣店、铁铺、金银铺、镶牙铺等40多家。还有汇兑庄、粮行（粮食交易场所）、猪岗厦（猪苗交易场所）、妓院、烟馆、赌馆等。每逢农历的二、五、八日圩期，这里便人头涌动，生意兴隆，就连远在广州的客商也常来此进货，是方圆几十里最繁华的一个圩市。

但自从日寇入侵凤岗后，塘沥圩已繁华不再，不少商户为躲避战乱关门的关门，跑路的跑路，十去其半，日益显出颓败的景象来。

看着堆在地上的十多条土枪，长濑挂着指挥刀，眼里射出蛇一样的毒光，令人不寒而栗。他身旁一个伪军队长正张牙舞爪地吼叫着：

"你们谁家有枪的，赶快乖乖交出来！还有，前几天你们谁鸣锣放炮了？也给我乖乖站出来！"

没有人吱声。

伪军队长冷笑了一声，说："那就别怪我不客气了！"一挥手，命令伪军，"给我一个一个地搜身！"

不一会儿，一个伪军兴奋地喊道："抓到了一个游击队！抓到了一个游击队！"

长濑大喜，忙道："给我推出来！"

一个三十多岁的瘦高男子被几个伪兵推搡而出，他惊恐地极力挣扎着，但无济于事。

长濑一把揪住他的衣襟，恶狠狠地问道："你的，叫什么？"

"我叫罗……罗土生。"

"罗……罗土生，你的，是游击队吗？"

罗土生吓得面无人色，全身筛糠地回答道："我……不……不是……"

一个村民在人群里喊道："他有痨病，做不了游击队。"

伪军队长吃了一惊，忙跑上前拉开长濑，点头哈腰地说："太君，这人有痨病，小心被传染！"

"痨病？"长濑不解地问。

"就是……就是那个肺结核。"

长濑像触了电似的放开罗土生，远远地退开去，惊恐地问："你的，有传染病？"

罗土生哆哆嗦嗦地点了点头，接着剧烈地咳嗽起来，连腰都咳弯了。长濑见他病恹恹的样子，厌恶地挥了挥手，示意他退回去。

罗土生见死里逃生，不由得长长地吁了一口气，连咳嗽都好了，急忙转身，由于动作过大，胸前挂的一个小物件晃了起来。伪军队长眼尖，连忙喝道："站住！"疾步上前，抓住那个小物件问道："这是什么？"

"哨……哨子……"

伪军队长冷笑道："我还不认得这是哨子？说，你为什么挂个口哨？"

"我……我是用来好玩的。"

"好玩？我看是给游击队通风报信的吧？"

罗土生一听，吓得一屁股坐在地上，双手连摇地分辩道："不是的！不是的……"

"不是的？为什么这么多人就你一个人挂口哨？"

"我……我……"

伪军队长狞笑道："答不出了是吧？"一把扯断哨子，献给长濑，说："太君，这人大大的坏，是游击队通信员！"

长濑接过口哨看了几眼，手一挥，冷冷地说了一声："拉到西门楼，砍头！"

乡亲们眼睁睁地看着罗土生在西门楼被斩首，却毫无办法。

长濑提着血淋淋的指挥刀，穷凶极恶地嚎叫道："还有谁是游击队和国民党军的探子？不说统统地枪毙！"

回答他的，是一道道仇恨和不屈的眼神。

长濑气急败坏地咆哮起来："把他们关进房子里，用毒气熏！"

日军把一百多人关进附近一座叫琼英书室的碉楼里。伪军队长假惺惺地喊道："乡亲们，只要你们交出游击队，就放了你们。"一个村民大声骂道："你这个狗汉奸，我们就是做鬼都不会饶你！"

伪军队长气得跺脚大骂："熏！给我熏死他们！"

几个日本防化兵戴上面罩，开始从窗户往室内放毒气，屋里人被呛得剧咳起来，日伪军在屋外哈哈大笑。十多分钟后,凤凰围村一个姓张的八九岁的小男孩被活活熏死。

日军的毒气足足熏了半个小时,但没有一个人求饶。长濑无奈,只好将人放出,又抓了几个村民带回去审讯才罢休。

3

凤岗沦陷后,盘踞在平湖的日军藤本大队和樟木头的长濑中队,多次到凤岗一带进行扫荡,村民终日不得安宁,纂香书室不得不停办了,13岁的黄友彻彻底底地成了一个放牛娃。

凤岗打了几天仗,黄友一家一直躲在山下没有下来,疲倦得睁不开眼,但地里要种马铃薯了,不然来年就没了口粮。

这天早上,黄友用冷水扑腾了一把脸,人顿时精神了许多,于是蹦蹦跳跳地朝牛棚走去,一边脆声喊:"爷爷,我放牛去咯!"爷爷一边拾掇着农具,一边回道:"把牛看紧喽,别让它跑啦!"

黄友翻身骑上牛背,见天色尚早,便在村里喊了几个同伴,一起到黄洞村的水塘去放牛。

水塘在黄洞村的白玉山里面,离凤德岭有近四里路,野草丰茂,是个放牛的好地方。黄友和小伙伴扯开嗓子唱起山歌,清脆的歌声像云雀一样欢快地在树梢上穿行。

到水塘时,东方的天际刚刚透出一抹红光,像一滩胭脂染在青蓝色的巨石上,越发衬得山村的黎明一片宁静。

黄友和小伙伴们把牛散放在塘堤上,让它们自行吃草。自己则和小伙伴坐在草地上聊天。

在他们身后,有一座陡峭的山崖,山崖后面据说有一个可以容纳一两百人的山洞。相传南宋末年,皇帝赵昺南逃时曾率兵进驻,后人为了纪念他,便将此洞改为黄洞,久而久之,连村庄和地名也跟着改了。

这个故事,黄友不止一次听爷爷说起过。现在他就在这个充满传奇的地方放牛,心里再一次升起那个巨大的疑问:那个皇帝避难的洞在哪里?如果能找出来,附近的百姓就可以藏进去躲东洋鬼子了。

黄友还没看见过东洋人长什么样子,只听人说:东洋鬼子只有篱笆桩那么高,骑的马偏偏又高又大,上个马鞍都要人托,但杀人放火却不眨眼,无恶不作,凶残得像魔鬼。有的家伙还往米缸里撒尿,菜坛子里拉屎,坏事做绝。

想到这里,黄友心里不由得腾起一股怒火,再也无法平静。他扭过头问身边的小伙伴:"你们知道嶂厦有一支游击队吗?听说他们个个会飞檐走壁,可厉害了!"

一个瘦仃仃的小伙伴兴奋地跳了起来,两眼放光地说道:"游击队哪个不知道?他们个个是大英雄,专门杀日本鬼子。怎么,你也想参加游击队吗?"

黄友挥了挥拳头,洪声说:"对!我做梦都想参加游击队,把日本鬼子赶出中国去。"

"那把小日本鬼子赶出中国以后你去做什么呢?"

黄友想也没想,接口道:"去南洋找我爸爸。"

第三章

"南洋那么大,你上哪儿去找你爸?"

小伙伴的话令黄友难过地低下了头。是的,南洋那么大,上哪儿去找亲爱的爸爸?

因家境贫穷,在黄友刚三岁的时候,他爸爸就下南洋谋生了。奶奶思子心切,前几年一病不起,溘然长逝。黄友自幼便和爷爷、妈妈生活在在一起。自从爸爸在他三岁时离开,他再也没见过爸爸一面,只是看过照片。听爷爷说,爸爸的照片是漂洋过海漂了几万里才到家。几万里是多远?黄友不知道。但他知道孙悟空一个筋斗十万八千里,所以他做梦都想变成孙悟空,那样他一个筋斗就可翻到南洋去找爸爸了!

黄友长得虎头虎脑,圆圆的脸上镶着一双又黑又亮的大眼睛,扑闪扑闪地透着机灵劲儿,他鬼点子格外多,是村里的孩子王。

天越来越亮了,山凹里响起大人们的吆喝声。其他几个小伙伴赶着牛回了家,他们的大人在等着牛下田耕地,只剩下黄友一个人留在山里打牛草——他心疼牛,每天都要给牛加一次"午餐"。

这时,突然从南门山方向传来一声清脆的枪声,打破了清晨的宁静。黄友一激灵,拎着镰刀直起身子,紧张地朝南门山方向张望着。

南门山是凤岗客家人的发源地。顺治九年(1653年),凤岗客家先民由中原入赣、闽,又逐步迁徙粤东,再入居凤岗黄洞南门山一带,"蒙霜露,披荆棘,筑居畎田焉",后人尊称带领入居凤岗的13位客家人屯长为"十三位公"。

"十三位公"在南门山繁衍生息,人口渐多,加之南门山地处深山,十分偏僻,沟壑纵横,土地贫穷,这"十三位公"的后人便陆陆续续地搬到山外面,客家人从此在凤岗开枝散叶。

空闲时,黄友的爷爷经常带他到南门山来采药,所以黄友对南门山非常熟悉。此时听到枪响,他急忙把牛拴在一棵碗口粗细的松树上,然后提着镰刀朝南门山方向跑去。

在拐过水潭北端的那道山坳时,黄友迎面被人撞了一个趔趄,险些一屁股坐在地上。抬头看时,原来是一个十三四岁的少年,他满头大汗,气喘吁吁的,甚是慌张。

联想到刚刚的枪声,黄友顿时明白了什么,忙问:"你是什么人?有日本鬼子在追你吗?"

那人不答反问道:"你是凤岗本地人吧?"

黄友见他竟操着一口纯正的客家话,带着几分惊讶地问道:"你是本地人?"

"我是清溪镇的"

"哦……哦……你原来是清溪的?我是凤岗凤德岭村的,离你们近得很呢!"

那少年眼一亮,兴奋地道:"那你肯定熟悉这里的地形了?"

"那还用说!这山上我闭着眼睛都可以走。"

"太好了!我是东宝惠边人民抗日游击队的交通员,要送

第三章

一份情报给游击队,在路上被日本兵发现了,受了伤,你能不能帮我把这份情报送出去?"

游击队?情报?黄友乍一听,真的有些蒙了,愣在那里没回过神。

少年以为他害怕了,便说:"日本鬼子快来了,你赶紧躲起来。"说完转身欲走。

黄友这才发现,他右肩上流着血,整个背部都染红了,像穿着一件红背心。忙伸臂将他一把拦住,吃惊地问。"你中枪了?"

"是的。"

"快把血衣脱下来,换上我的衣服。"

"你干什么?"

"不要问了,快点,不然就来不及了。"

少年依言脱下血衣,黄友拿着血衣快步朝东边山头跑去,把它挂在一簇灌木丛上,然后又飞快地折回身,拉起少年就往西边的山里钻。

"你真聪明!"少年夸奖道。

黄友笑道:"我要让日本鬼子大海里捞针。"

白玉山不太高,但满山荆棘密布,黄友二人钻进去,犹如鸟投树林,鱼游大海,了无踪迹。

黄友先把尹林安排在一个非常隐蔽的山洞里,找来山泉和野果让他解渴充饥,然后又采来一些草药,嚼碎了敷在他伤口上。

尹林喝了水吃了野果，气色慢慢地缓了过来，看着黄友笑眯眯地说："谢谢你！只是刚才还没来得及问你的名字呢，你叫……"

黄友还没等他说完，便心急口快地回道："我叫黄友，今年13岁了。我爸下南洋了，现在跟爷爷和妈妈生活在一起，家里还有一头水牛。你呢，你叫什么名字？哪里人？"

黄友连珠炮似的话把少年逗乐了，回道："我叫尹林，清溪镇大埔村的，是东江纵队的交通员。"

黄友喜出望外，说："原来咱们还是邻居呢！不过你比我强多了，都当上游击队的交通员了，而我还在山里放牛。"

"打鬼子不分先后。你要是能帮我把情报递出去，也是打鬼子了！"

黄友惊喜地说："是吗？送情报也算打鬼子？"

"肯定是打鬼子了！打鬼子的形式有很多种，不一定要在战场上真刀真枪地打仗才是打鬼子。比如你今天把情报送给我们游击队，游击队便根据情报打鬼子，你说送情报是不是打鬼子？"

黄友摸着头嘿嘿笑道："听你这么一说，送情报还真是打鬼子。但是……我……能把情报送出去吗？"

尹林拍了拍黄友的肩膀，鼓励道："凭着你的机灵大胆，一定能把情报送出去！"

尹林的话给了黄友莫大的勇气，他把胸脯一挺，坚定地说："好，我一定把情报送出去。"

尹林解开腰带,从里面掏出一块灰色的小布,递给黄友说:"这里面包的是情报,你按地址把它送到一个姓何的队长手里。"

"我现在能看看地址吗?"

"当然可以。"

黄友有过目不忘的本领,他记住地址后,便把地址撕了,又折来一条一拇指粗细的竹条,将情报卷成细条塞进竹筒里,用一根小树枝将底部紧紧塞住,然后对尹林说:"我的牛还在山那头,这竹条,正好做我的赶牛鞭。"尹林高兴地拍了一下他的肩膀,赞许道:"你真聪明,我就在山洞里等你的好消息!"

黄友又弄来一些野草藤蔓堆在洞口,把尹林遮得严严实实的,低声说道:"我把情报送到了马上回来接你。"说完一刺溜,像个猴子窜进山林,几个忽闪便没了踪影。

4

转过几道山坳后,黄友看见自己的那条水牛正安静地卧在那棵歪脖子树下悠闲地反刍,心里竟涌起一股久别重逢后的感觉,快步跑过去,解开绳子,搂着它的脖子亲热地蹭了几下,然后一跨骑上去,大水牛乖顺地站起来,晃晃大盘角,然后迈开四蹄朝山外走去。

黄友骑在牛背上,嘴里哼着山歌,手里轻轻地挥着竹条,一副欢快轻松的样子,然而眼睛却像雷达似的扫视着周围的情况。

快到白玉山出口时,黄友远远地看见七八个日伪军在那里盘查,心一下悬了起来。前有拦截,后有追兵,怎么办?他的眉头拧成一个疙瘩,飞快地想着对策。这时一个匪兵发现了他,挥着手吆喝道:"小鬼,快点滚过来!"那几个日本鬼子也手舞足蹈地叽里呱啦地嚷嚷着,活像几只刚从洞里蹦出来的土蛤蟆。

黄友翻下牛背,定了定神,吹起口哨,若无其事地牵着牛慢慢走过去。

"你的,什么的干活?"一个斗鸡眼鬼子端起枪,恶狠狠地问。

黄友指了指牛,不慌不忙地回答道:"太君,我在山里放牛呢。"

"在山里放牛?是不是见过一个游击队?"

黄友把头摇得像拨浪鼓:"什、什么油鸡堆?刚才我听见好像山里面有枪响,害怕不过,就赶紧出山了。"话音刚落,山里又响起几声枪声。黄友把脑袋一缩,嘴一憋,好像害怕得要哭出来。

一个竹竿似的匪兵上前踢了黄友一脚,结结巴巴地凶道:"把……把衣服脱……脱下来让老子检查。"

黄友乖乖地脱下衣服,竹竿匪兵从里翻到外,又从衣领捏到裤脚,毫无所获,遂点头哈腰地对那个"斗鸡眼"说:

第三章

"太……太君,光……光溜溜的没……没什么。"

"斗鸡眼"又剜了黄友一眼,不耐烦地挥挥手:"滚蛋!"

黄友暗暗地长吁一口气,脸上却不敢有半点欣喜,装作手忙脚乱的样子穿上衣服,牵着牛匆匆走出了卡口。

可还没走多远,那个"半鸡眼"忽然大喊一声:"前面的小八路,给我站住的干活!"

黄友的头发都立了起来,下意识地用大拇指按了按竹条的洞孔,还好,木塞依然塞得紧紧的,这才稍稍放了心。

"斗鸡眼"赶上来,一把揪住黄友的前襟,吼道:"你的,小游击队,送情报的干活!"

"太……太君,你们……你们刚才不是检查过了吗?"黄友故意哆嗦着身子说。

"斗鸡眼"围着牛走了几圈,得意地狞笑道:"你的牛,狡猾狡猾的!"突地蹲下身子,歪着脖子检查牛肚子下面,看有没有藏东西,但没有任何发现,接着又绕到牛屁股后面,拉起牛尾巴从上往下捋了一回,还是空无一物。"斗鸡眼"气急败坏,狠狠地踹了黄友一脚,悻悻地走了。

前面两三百米拐弯处有一棵大榕树,转过大榕树就是黄洞的田心村了,黄友恨不得贴地飞过去,可是他知道,身后的日伪军还在盯着他,自己不能走得太急、太快,否则就会露出马脚。

这段路此时显得格外漫长,好像是一条皮筋,被人无限地拉长了。黄友微闭着眼眶，默默数着数字，强压住内心无比的焦躁。

谢天谢地！终于到了大榕树下，黄友猛抽了水牛一鞭，水牛迈开大步子，驮着黄友飞快地朝凤德岭跑去。

不一会便到了村口，正好遇见背着犁的爷爷，爷爷见他把牛赶得气喘吁吁的，不由得生气了，斥道："你今天怎么回事，想把咱家的牛累死吗？"

黄友溜下牛背，急匆匆地说："爷爷，我去一趟老虎山，马上回来。"还没得爷爷回过神，便像兔子一样跑远了。

老虎山位于凤岗镇油甘埔村，地处沙岭东南方，主峰高130多米，它起自石灰箩山脉，是一条由东南朝西北走向的山脉的端点，形若卧虎，因而得名。

何通率领的抗日游击队第三中队就驻扎在山里面。

老虎山虽然不高，但山坡陡峭，黄友手足并用，快捷得像只山羊似的。待到半山腰时，天上乌云密布，没过一会儿，就下起了瓢泼大雨，山路更加湿滑，黄友走几步就摔一跤，待到目的地时，已成了一个泥猴。

这是一道长长的山谷，四面群山环绕，十分隐蔽，就连凤岗本地人都很少进谷，何通把指挥所设到这里，真是选对了地方。

黄友躲在一块大石头后面，警惕地观察着周围的环境。他发现，在三棵大树和一面突兀的崖壁之间，有一间茅草房，一个年约三十、衣着破旧的男子端着一杆枪在那里站岗放哨。

第三章

"这应该就是游击队了!"黄友拿定主意后走了出来。那哨兵一拉枪栓,喝道:"站住!"黄友连忙说道:"我找何队长。"

哨兵连珠炮似的问道:"你是谁?找何队长有什么事?"

"我只能跟何队长一个人说。"

哨兵见他的警惕模样,不由得笑了,说道:"你先进来洗个澡,换身干净衣服吧。"

"不,我要先见你们何队长。"

"哟,还挺倔!"哨兵逗道。随之拉着黄友进了草屋,报告道:"何队长,这个小鬼有事找你。"

一个中等身材、浓眉大眼的中年人站起来,亲切地问黄友道:"小朋友,我就是何队长,你找我有什么事吗?"

黄友盯着他:"你真是何队长吗?"

那人看了看屋里的其他几个人,随之爆发出一阵爽朗的笑声,说道:"如假包换,我就是东宝惠边人民抗日游击队第三中队队长何通。"

黄友顾不上擦一下额头上滴下来的雨水,连忙说:"尹林让我转交一个情报给你们。"

"尹林?他怎么样了?怎么让你送情报?"

"在黄洞水库受伤了,我把他安排在一个山洞里。他让我一定要把情报亲手交给何队长。"黄友一边说,一边剥开竹条,取出了情报。

何通接过情报,认真地看了一遍,然后拉着黄友的双手亲切地说:"谢谢你!这情报非常重要,幸亏你及时送到了。"

黄友着急地说:"我们赶紧去救尹林吧,他还在山洞里呢。"

何通见他浑身湿透,叫人拿来一套干净衣服。黄友道:"不用换了,救尹林要紧。"说完一头扎进雨幕中。

由于怕遇上敌人,黄友带着游击队员不敢从原路返回,只好翻山越岭穿插而行,好在黄友熟悉山路,饶是如此,也走了一个多小时才到尹林藏身的山洞。

由于失血过多,加之又冷又饿,尹林已昏迷不醒,大伙砍来几根树枝,做了一个简易担架,小心翼翼地把尹林抬了下去。

回到家里,已近中午时分,黄友又累又饿,匆匆洗完澡吃完饭,又马不停蹄地赶到地里帮爷爷去干活。

爷爷刚耕完一块地,坐在田埂上吧嗒吧嗒地抽着旱烟。黄友蹑手蹑脚地走过去,从后面一把捂住爷爷的眼,爷爷佯装不知道,右臂后绕,一把将黄友揽过来放在双膝上,说道:"哪来的一个小捣蛋?竟敢戏弄爷爷,看我不打肿你的屁股!"说完不轻不重地拍了几巴掌,黄友咯咯地笑道:"爷爷,是我。"爷爷道:"哟,原来是我家的黄友仔呀!快说,你早上干吗去了?"

黄友靠近爷爷的耳朵,小声说道:"爷爷,我给游击队送情报了。"

第三章

爷爷吓了一跳:"什么?你给游击队送情报了?"

"是的。"黄友于是把送情报的经历一五一十地说给爷爷听,爷爷边听边点头,但又不无担心地说:"黄友仔,你给游击队送情报做得很对,但是太危险了。"

"我不怕,我要向游击队的叔叔们学习,打日本鬼子!"

爷爷道:"你还没一支枪高,怎么打日本鬼子?"

"谁说没有枪高就不能打日本鬼子了?我的枪法可准了,一枪消灭一个敌人。还有,您以前是支持我参加游击队的,现在怎么又变卦了呢?"黄友边说边摆了一个射击瞄准的姿势。

爷爷心事重重地抽起了旱烟。黄友是他唯一的孙子,他不是不让黄友参加游击队,但是敌人的子弹没长眼,万一……想到这里,爷爷胸口像压了一块巨石,压得他透不过气。

黄友自然不知道爷爷的重重心思,他眺望着老虎山,默默念道:"尹林,你怎么样了?"

第四章

1

藤本的部队驻扎在平湖,与在樟木头的长濑遥相呼应,他们像两条毒蛇一样盘踞在京广铁路两处关键节点上。而凤岗紧靠平湖,两地就像同胞兄弟一样,手足相连。

1939年11月7日,黄昏。

一抹夕阳涂在凤岗的鹅公髻山上,高低起伏的山峦如同血染。几只乌鸦在天空中发出几声凄厉的鸣叫,然后像箭矢一样射进山上的密林中,藏在枝叶深处,不再发出半点声响。几只不知名的虫儿蛰伏在草丛里发出微弱的哀鸣,黄昏的空气里透出一片肃杀的气氛,仿佛预示着一场恶战即将打响。

这时,在樟木头一条通往凤岗的蜿蜒山道上,出现了一支大约800人的日伪队伍,气势汹汹地朝凤岗扑来——他们想一鼓作气,消灭在凤岗境内的游击队。

游击队已通过尹林得到情报,面对敌情,中队长何通一边命令部队构筑防御工事,一边派出侦察兵进行侦察。他把部队

第四章

埋伏在两渡河,准备打一个伏击战。

日军进攻鹅公髻山必须经过两渡河。

两渡河位于竹塘村境内,河面宽阔,水流湍急。河上有一条石桥,叫"两渡河桥",长百十来米,宽两米多。而在河的南岸,坐落着一个二十多户的小村落,此时整个村落空无一人——这里的村民早已被游击队转移到山里去了。

在小村的东头,有两株间隔丈余的龙眼树,远望亭亭如盖,近看两人才能合围,它们正好一左一右将桥头兜住,犹如两个巨大的卫兵,何通在这里布置了两挺机枪,形成交叉火力封锁石桥,而其他游击队员则分两翼埋伏在稻田里。

暮色越来越浓,像海水一样蔓延开来,笼罩四野,沉默的群山变得模糊不清。而一轮苍白的月亮却迫不及待地跃上天际,像一张灯笼挂在远处山冈的树梢上。

突然,一阵震地的脚步声由远而近,不一会,便见一队日军挑着一面膏药旗朝石桥走来,何通压低了声音命令道:"等敌人上桥了才开火,以我的枪声为号!"战士们屏住呼吸,双目圆睁,恨不得活吞了日本鬼子。

两渡河离日军扫荡的老虎山还有十里多地,他们万没想到游击中队会在此埋伏,因此毫无戒备,有几个鬼子竟然还在抬头欣赏朦胧的月光。

日军排成两列上桥,使本就不宽的桥面变得十分拥挤。何通看见一部分日军已过桥的中段,大喊了一声:"打!"随即打出一梭子弹,龙眼树下的两挺机枪迫不及待地"嗒嗒嗒"怒吼起来,形成两条交叉的火网,一颗颗复仇的子弹发出尖厉的啸声,如同死神的尖矛狠狠地洞穿了日军的身体。十来个日本兵还没明白是怎么回事,就稀里糊涂地见了阎王。

突如其来的枪声使日军乱成一团,几个鬼子慌不择路,竟从桥上摔了下去,被湍急的河水冲走,他们在河面上扑腾挣扎着,发出鬼哭狼嚎一般的呼救声,但被激烈的枪炮声掩盖了,不一会便随浪花沉到了冰冷的河底。

密如雨点的枪弹压得日军抬不起头,他们狼狈不堪地从桥上退下去,趴伏在地上胡乱还击,然而桥这头的枪声却突然停止了,仿佛凭空抽了去。

长濑丈二和尚摸不着头脑,命令停止射击,缓缓探起头朝对岸望去,静悄悄的,没一个人影。

"难道游击队撤走了?"长濑狐疑不定,又试探着打了两枪,还是没动静。

长濑轻蔑地一笑,他料定游击队不过是打打游击,小小地骚扰一下,几百万国民党军都不是大日本帝国军队的对手,何况一支小小的游击队?

长濑站起来,拍了拍身上的灰尘,一挥手:"前进!"

日军端着枪,猫起腰,畏畏缩缩地上了桥,桥面上几具尸体还在汨汨地流着鲜血,在月光的照耀下显得格外狰狞恐怖,走在最前面的几个日军的双腿不禁打起哆嗦,他们强烈地感觉到了死神的气息。

何通看着日军一步步逼近,压低了声音命令道:"这次让日本鬼子离近一些,全部扔手榴弹,扔了就撤,不得恋战!"

100米、80米、50米、30米……日军越迫越近,何通大喊一声:"扔!"

话音未落,几十颗手榴弹呼呼地砸向日军,"轰轰轰",震耳欲聋的爆炸声响彻山谷,火光冲天,硝烟弥漫,弹片横飞,日军死的死、伤的伤,又丢下十多具尸体,仓皇地逃下桥去。

长濑被彻底地激怒了,架起多门迫击炮,狂轰游击队阵地,然而何通早已带着战士们离开,向油甘埔的老虎山撤去。

炮击过后,两渡河一片寂静。长濑观察了一阵子,见毫无动静,他吸取了刚才的教训,于是派了一个老兵匍匐过桥侦察。那个日本兵战战兢兢地爬过桥,举目看时,除了那两棵龙眼树,哪还有半个人影?

长濑有一种深深地被愚弄的感觉,只气得浑身发抖,他像一只受伤的鬣狗嚎叫道:"把这个村子的老百姓统统抓起来!"

日本兵如狼似虎地破门而入,却发现空无一人。一个上等兵气急败坏地用枪托狠狠地朝墙上砸去,只听"噗"的一声响,墙上连一个印儿都没有。

"队长!邪门,这墙邪门!"上等兵骇然地报告道。

长濑不解地看着上等兵。上等兵又用枪托砸了一下墙壁，藤本终于看出了端倪，后退几步，掏出手枪朝墙上打了一枪，墙面上竟然只留了一个浅浅的白印儿。

长濑从来没有见过这样的房子，不由得大感惊奇，上前摸着白印儿琢磨究竟。

长濑哪里知道，两渡河村的房子是典型的客家排屋，墙体为石灰、黏土、砂石加糖水、糯米混合搅拌，待发酵七天后再用厚木板夹着夯实而成，坚固异常，甭说小小的子弹，就是连迫击炮也打不穿。

长濑挥手让士兵停止破坏。他心里升起一股浓浓的恐惧：一个有5000年历史的智慧民族，能被外族武力征服吗？他仿佛看到了大日本帝国侵华的结局。想到这里，他感到十分沮丧，有气无力地命令道：

"集合，全体撤退。"

而在此时，游击队正在返回嶂厦的途中。走在最前面的何通却突然停住了脚步，大声说道："同志们，我们杀个回马枪怎么样？"

手枪队队长冼麟有些疑惑地问："杀回马枪？"

"对！"何通分析道，"敌人死伤惨重，估计不会袭击老虎山了，而是折回樟木头，那我们在他回去的路上再出其不意地打个伏击！"

冼麟兴奋地拍掌说道："这招太妙了，敌人做梦都不会想到我们会杀他一个回马枪！关键是在哪里打呢？"

"在龙眼山打，打完了就撤进清溪的大王山。"

游击队抄近路赶到龙眼山埋伏好,没多大一会,果然见日军垂头丧气地沿山路走来。长濑走在队伍里,兀自咬牙切齿,他在盘算着什么时候再到凤岗扫荡一次,以雪此次兵败之耻。

月亮不知什么时候躲进了厚厚的云层里,天黑如墨,日军打着火把,正好成了游击队瞄准的目标。何通啪的一枪撂倒一个鬼子,其他轻重武器几乎同时开火,日军万没想到在此又遭伏击,像炸了窝的蚂蚱前突后窜,待回过神时,游击队已趁夜色的掩护消失在茫茫群山里……

2

1939年凤岗的局面格外混乱,既有日军,也有游击队,还有国民党军独立九旅,另外还有一些大大小小的土匪,这些势力犬牙交错,不是我打你,就是你打我,老百姓处在水深火热之中,民不聊生。

国民党军独立九旅不同于其他国民党军,是一支较有爱国心的部队。

独立九旅前身出自陆军12军某部,先后参加淞沪和南京会战,是南京战役中少数能够全身而退的部队之一。广州失陷后,粤军主力集中在粤北地区,国民党军第四路军总指挥余汉谋请求调回外地粤军以加强防御,而12军也调回广东,作战师调整为三团制师,独立九旅则在东江流域一带布防,既抗日，也防共。

东江流域地处珠江江口、广（州）九（龙）铁路两侧，而东莞处于香港、广州两个大城市中间，横贯广九铁路，靠近粤汉铁路南段，是日军进攻广州、侵犯华南的交通要道，具有重要的战略地位，因此成为共产党、国民党及日伪三方势力争夺的战略要地。

离凤岗最近的日军，一支是驻扎在平湖的藤本大队，另一支则是驻扎在樟木头的长濑中队，这两支日军时不时就窜进凤岗烧杀抢掠，无恶不作，我军民同仇敌忾，每次都让日军损兵折将，这令藤本大为震怒，决定亲自出马，先消灭实力最强的国民党军独立第九旅，然后再回头吃掉游击队。

1939年11月初，藤本和长濑共调集800多日伪军，分别从平湖、樟木头进犯凤岗，成东西两路夹击之势。

而此时凤岗的游击队恰好回大岭山根据地休整，独立九旅独自面对日军的进攻。

在得知日军进犯的消息后，独立九旅派出一个团的兵力提前进入凤岗境内进行布防，兵分三路迎敌：一营埋伏在塘沥村的鹅公髻、横片岭，截击藤本大队；二营在竹塘村马鞍山、牛黄地、西月光、龙眼山和卧龙村背的老场岭等地挖掘战壕，构筑防御工事，截击长濑中队；三营作为机动兵力，埋伏在邻近的清溪镇三峰的大王山。团指挥部则设在竹塘小学里。

这次日军吸取了上次的教训，先派出多架飞机对两处国民党军防守阵地进行轰炸，而步兵则按兵不动。国民党军识破了敌人的诡计，先行撤出阵地，隐蔽在附近的几条山沟里，让敌人的飞机炸了一个空。

下午一点多，山下的日军见国民党军的两处阵地静悄悄的没一点动静，以为国民党军在飞机的轰炸下死伤惨重，便同时从东西两路发动进攻。

藤本先头部队几十人，向塘沥村推进。在距离鹅公髻几十米处，即遭到独九旅守军的截击。这里一面临山，一面是田野，日军躲避不及，死伤十几人，只好拖着尸体仓皇退走。

日军稍作休息后，准备从一条隐蔽的小路偷袭国民党军。

这条小路像一条蛇蜿蜒盘旋在鹅公髻、横片岭、白坟窝三处山头之间，藤本派一个少佐率领两百多日伪军穿插进去，准备给鹅公髻来个突然袭击。没料到横片岭、白坟窝也埋伏有国民党军，当日伪军进入伏击圈后，只听一声枪响，骑在马上的少佐脑袋开花，一个倒栽葱跌下马来。敌人见遭了埋伏，慌忙躲在乱石堆后面胡乱还击。守军居高临下，猛烈射击，敌军撂下十多具尸体落荒而逃。

双方激战到下午3时左右，藤本见久攻不下，遂呼叫空军助阵。不一会，两架日军飞机嗡嗡地飞过来，轰炸鹅公髻、横片岭、白坟窝阵地，守军阵地被炸毁，只好向横片岭北面的花果山撤退。

但日军飞机扩大了轰炸范围，花果山被炸得乱石纷飞。其中一架飞机格外嚣张，它以鹅公髻为半径，对方圆两里内的山头进行低空俯冲扫射，有时连飞行员的相貌都看得清清楚楚。

国民党军团长得知敌情后，下令将全团机枪全部调到花果山，排成一个扇形阵地，准备伏击日军飞机。

那架飞机在塘沥扔下一枚炸弹后，又低空朝花果山飞来，刚闯入国民党军射程，十几挺机枪一起开火，在空中形成一道严密的火网，敌机中弹，拖着一道浓浓的黑烟在空中摇摇晃晃，然后像一个醉汉一头撞在横片岭上，炸得粉身碎骨。

就在藤本主力在横片岭与国民党军鏖战时，长濑中队与防守在竹塘的国民党军也打得如火如荼。

长濑与藤本的主力若想会合形成两端夹击之势，就必须通过两渡河桥。

上一次长濑在这里遭到游击队的伏击，吃过大亏。这次他长了记性，先火力侦察了一番，见毫无动静，以为没有埋伏，便命令部队过桥。孰料国民党军躲在桥墩下，当日军冲上桥时，他们迅速从桥底下爬出，架起三挺机枪朝敌人狂射，当场打死打伤二三十人。长濑暴跳如雷，调来多门迫击炮，轰击国民党军机枪阵地，国民党军被迫撤退到龙眼山等山头。

从下午到傍晚，日军发起多次冲锋，都被国民党军打退。日军见久战不下，便施放毒瓦斯，几个山头满山烟雾，国民党军人被毒气熏得流泪不止，日军又在山脚点火烧山，企图把死守山头的国民党军焗死、烧死。风借火势，火助风威，几个山头的野草全被烧光，但日军仍无法攻克国民党军阵地。

双方激战至晚上12时过,国民党军弹尽粮绝,抵挡不住,被迫向清溪大王山方向撤退。

这场战斗从上午一直打到深夜,藤本、长濑消灭独立第九旅的图谋未能得逞。日军把失败迁怒于沿途村庄,惨无人道地实行"三光"政策,见人就杀,见屋就烧,见姑娘就抢,无恶不作。沿途村庄的房屋大多被烧毁。在竹塘村,一村妇怀着身孕,见日本鬼子从前门进来,赶快从后门逃跑,在小巷子里碰见日本鬼子,被刺刀刺穿胸膛当场死亡,肚子里的婴儿被活生生挑在刺刀上;另一村民欲逃跑,被日本鬼子反锁进门里,放火烧成炭。

凤岗在日寇的铁蹄下沦为人间地狱。

第五章

1

多灾多难的1939年终于在炮火连天中艰难地熬到年底了。

"大人盼种田,小孩望过年。"

凤岗人把春节叫作"过年"或"做年",但13岁的黄友却没有半点过年的喜悦。

他恨日本人,也想念他在南洋打工的爸爸。

进了农历腊月中旬后,黄友的妈妈开始做新衫、买新鞋、购买食品、制茶果、打"米橙"、炒花生、炒粉花、做"爆谷"、做圆蓉粄,又备足了柴草,杀了几只鸡鹅鸭。有一句俗谚说得好:"好食留来做年吃,好衫留来做年穿",哪怕再穷再难,每户人家都要置办一些年货。

农历腊月二十三日的早晨,黄友见爷爷收起镰刀挂在墙上,心中有些纳闷,便问道:"爷爷,您怎么把镰刀收起来了,不上山砍柴割草了吗?"

爷爷点头笑道:"是呀!这是我们地方的一个风俗,叫

'入年挂',俗称'入年挂、镰刀挂'。到了'入年挂',人们说话做事都得小心谨慎,不说不吉利的话,不说粗口,不打烂家中碗盘。还有呀,这天也是送'灶君爷'上天的日子,各家庭都在灶神位前摆些茶果供品,烧香点烛,敬奉'灶君爷'。拜托'灶君爷'上天言好事,下地保平安,祈求天神赐福。"

黄友这才恍然大悟,说:"哦,原来这是我们的风俗。"

"是呀,过年有很多风俗的,这些都是老祖宗传下来的,我们要继承下去。"

接下来的几天,黄友和妈妈一起忙着打扫洗涤,大搞清洁卫生,清扫房屋棚檩桁角上的灰尘蛛网,将床板、枱凳椅桌扛到河边去洗刷、晒干,又清洗衣被蚊帐等,把一切都搞得干干净净,迎接新年。其间,妇女们还抽空互相剪头发、刮面毛、修眉毛。男性老少都会去理个发。年晚时节,理发人较多,于是出现俗语:"大年底二十七八,剃头佬乱刨乱刮。"

转眼就到了除夕,村里洋溢着热闹的气氛,家家户户贴春联,贴门神。有钱人家还在屋的厅堂摆年橘或茶果供品。小孩成群结队地唱着歌儿:

年三十晚过新年,
满围阿哥贴对联。
上屋贴着生贵子,
下屋贴着中状元。

黄友从中午就开始帮妈妈杀鸡宰鹅，然后又打下手一起做团年饭，爷爷则在拜神祭祖，召唤祖先和迎接灶君爷回来吃人间烟火，鸣放爆竹敬神，然后一家三口围在一起吃团圆饭。

年三十的饭菜都会吃不完，剩下很多，寓意"年年有余"。剩饭用笲箕装起来后，还要插上一对新筷子，留到年初一用，祈求人丁兴旺。到了晚上，妈妈用禄叶（柚子叶）煲水洗澡，全家"冲大吉水"，沐完浴后，着新衣，穿新鞋，妈妈给了黄友两张老公从南洋寄来的压岁钱，表示"过新年，人人袋里都有钱"。

最热闹的是晚上，家家户户都点上"年光灯"，黄友和同伴们到门坪、祠堂敲锣打鼓、燃放鞭炮；大人们则在家里吃茶果"守岁"，守至子夜零时敲开大门，燃放大串爆竹，以示"爆竹声中除旧岁"送旧迎新，迎春接福。

大年初一，黄友早早地就起了床，穿着崭新的衣服，跟同村的兄弟姐妹叔伯互相串门拜年，在给同族的长辈恭贺时，说一声："恭喜发财"，长辈便赐一封"利是"给黄友，黄友收了不少红包，懂事的黄友准备出了年十五就把这些红包一个不留地给妈妈，贴补家用。

这一天，村民不杀生，不洗衣，不扫地，不倒垃圾，食斋。有的全天或半天吃斋，斋菜为金针（黄花菜）、木耳、冬菇、腐竹、豆腐和黄牙白等，人们在祥和的氛围中度过了新年的第一天。

第五章

大年初二是"开年",天还没亮,黄友就被爷爷叫了起来,跟着族人一起杀鸡宰鹅,置备茶果。天亮时,全村人不约而同聚集在宗族祠堂里祭拜祖先,然后又去拜各处的菩萨伯公、土地神,最后才回家拜天神地神,请祖先回来吃开年饭。这天各家都尽早开席吃开年饭,以得"人勤春早"的好兆头。饭后,村民不做其他劳作,依然衣新履净地进行一些娱乐活动。

大年初三是"猪日",这令黄友大惑不解,爷爷笑着说,女娲娘娘创造生灵时,先造的是六畜,然后才是人。所以,从正月初一到初六,都是六畜之日,猪第三,所以初三就是"猪日"。

傍晚时分,爷爷把一些米饭、花生放在角落里。黄友见状问道:"爷爷您这是干嘛?"

爷爷伸出手神秘地摇了摇,低声说:"莫吵,我们要把五谷杂粮分一些给老鼠吃。"

"给老鼠吃?这……这不是浪费吗?"

爷爷把食指放在嘴边,轻轻嘘了一声,说:"这是在给老鼠分钱呢!"

"给老鼠分钱?"

"是呀。人要过年,老鼠也要享受丰收呀!"

黄友还是不懂。

爷爷乐呵呵地说:"天地之初呀,当时混沌未开,是老鼠勇敢地把天咬开一个洞,太阳的光芒终于出现,阴阳就此分开,民间俗称'鼠咬天开',所以老鼠也是开天辟地的英雄呢！"

黄友似懂未懂地点了点头。他不相信老鼠是神，但觉得这些故事很有趣。

天还未黑，爷爷早早地就让黄友熄灯睡觉，黄友问道："爷爷，今天怎么要睡这么早？我睡不着呢！"

"今天是老鼠嫁女！"

"老鼠嫁女？"黄友吃惊地眼大了眼睛，说，"今天怎么这么多关于老鼠的事？"

爷爷告绍他，初三也是老鼠嫁女儿的日子，所以到了晚上要早早休息，不能打扰到老鼠嫁女儿。如果惊扰了老鼠嫁女儿，老鼠就要祸害这一家。

这天夜里，黄友躺在床上张着耳朵听老鼠嫁女，但除了平常老鼠发出的吱吱声外，并无特别，更无敲锣打鼓的热闹了，黄友大失所望，便迷迷糊糊地睡了过去。

"大年初四，有粄（米粉做的糕点）也去，无粄也去。"初四这天，本村一些嫁出去的姑娘回家给父母拜年，陪同来的姑爷挑着装满了礼物的箩格，高高兴兴地走在最前面，同来的孩子欢快地跑前跑后，还未到家门，娘家里便放起鞭炮迎接姑娘姑爷回家。黄友没有姐姐妹妹，每当看到别人家的姑娘热热闹闹地回家时，他心中不免生起几分羡慕和忧伤。

大年初五是"出年挂"，虽然村民们仍沉浸在新年的欢乐气氛中，爆竹声仍时有所闻，但新年高潮已过，村民们都开始筹划新一年的农事工作。"论冬莫论年,吃了年饭要耕田",勤快的人都在做春耕的准备了。

但令黄友兴奋的是,明天,也就是年初六,村里人要舞麒麟祭神,祈求今年风调雨顺。

2

次日天还没亮,黄友就和爷爷起了床。

爷爷洗漱完后,恭恭敬敬地敬了神,然后牵起黄友的手,爷孙俩一起朝黄氏祠堂走去。在路上,爷爷给黄友讲起了麒麟的故事。

麒麟是我国古代传说中的一种瑞兽,它集龙头、鹿身、马蹄、牛尾、狼额于一身,身披五彩鳞甲,是吉祥和幸福的象征。麒麟舞产生于明代,而凤德岭村的麒麟队则成立于清朝末年,当时村里从惠阳请来一位麒麟师傅,名叫黄华新。黄师傅不仅麒麟舞得好,而且武功高强。他的"千斤坠"和"滑石跤"(武功招式)远近闻名。

请来了好师傅,凤德岭村的年轻人踊跃参加麒麟队,"一人舞麒麟,全家都光荣"。在黄师傅的精心培育和影响下,凤德岭尚武成风的传统一代一代传了下来。

爷爷的故事黄友听得津津有味,不知不觉已到了祠堂,这里已是灯火通明,有几个叔公叔伯在祠堂门前的空地上摆弄着家伙什,另外还有一群阿婶正围着几口大铁锅在炒菜做饭,灶下的柴火烧得旺旺的，映得人们脸上通红，就像那贴在门上的春联，红红火火而又内容丰富。

黄友也要表演武术节目——他五岁起就跟爷爷练武术了，健身是次要，主要是防身。爷爷说，身处乱世，没几手武术防身就不行。

黄友到祠堂里去换表演服——所有的表演服都是族里出钱做的，表演完了就换下，交给族里人洗干净后统一保管——见到几个年轻的哥哥正围坐在麒麟边闲谈。

黄友也懂麒麟。

麒麟的传统扎制方法是使用竹木做成骨架后，用纸糊好，再用画笔绘出鲜艳的鳞甲等，做出的麒麟容易破损。后来民间艺人改进了工艺，竹木做出骨架后，用彩色丝绸和镭射纸做出一片片鳞甲，把它缝制在麒麟的丝绸外套上，头部、牙齿等部位用油彩绘制，这样做出的麒麟色彩鲜艳、形象逼真且结实耐用。

麒麟头样式不一，分为白鸽狮、斗牛狮、扁鼻狮、大头狮几种，其中白鸽狮头最重。白鸽狮直径50厘米，高38厘米，重2.5～6公斤。白鸽狮头用糯米浆糊制，其他几种麒麟头用老黄竹编制。白鸽狮的身被至少长3.2米、宽2米。白鸽狮上画有一龙二凤一八卦的图案和各种吉祥饰物，头和身写"风调雨顺、国泰民安"八字，为"龙凤呈祥，驱邪佑吉，安居乐业，五谷丰登，天下太平"之意。

按照风俗，新制作好的麒麟道具，要用红纸或红布蒙着双眼,待"开光"后方能舞动。

舞麒麟"开光"是舞麒麟的一个重要环节。刚制作好的麒麟,双眼是用红布蒙着的,只有"开光"后才能舞动。麒麟"开光"颇具神秘色彩。月朗星稀之夜,子时之后,黎明之前,万籁俱寂之时,队员们捧着麒麟,抬着锣鼓悄悄出发。这时,任何人都不应撞上麒麟队,否则,要走"衰运"。麒麟队来到古树下,烧上香,供上神位,师傅虔诚地将麒麟头上的布揭去。此时,锣鼓声大作,鞭炮齐鸣。麒麟"出生"时,见到的是青青的树叶,这就叫"开光见青"。"开光"后的麒麟要一直留在队里舞,不能中途转让或卖给他人。麒麟队如在路上遇到其他的麒麟表演队伍,为表示礼貌一定要将麒麟头按低,若是举高不按低麒麟头,则表示无礼、不尊重。在凤岗及周边地区,常以舞麒麟的形式传递客家节日的喜庆气氛。

这时村里的人陆陆续续地来了,大家互相拜年寒暄,气氛变得热闹起来。太阳一树高的时候,族里吃团圆饭,往年有二十几桌人,但今年有很多人躲避战乱没有回乡,只摆了十多桌,几乎少了一半的人,大伙心里都有几分凄惶,但谁也不敢提这话题,唯恐扫了热闹的气氛,又怕给新年带来不好的运气,只好强颜欢笑,但"每逢佳节倍思亲",不少人还是在桌上偷偷抹泪了,看见的人也假装没看见,因为家家户户都有没回来的人,年圆人不圆,人人心里都装着思亲念亲的痛楚。

吃完团圆饭后,大伙把桌椅板凳撤走,腾出空地,围成一圈,或站或坐,等着麒麟上场。

随着鼓手的一声高喝,鼓声、唢呐声四起,两只一红一绿(代表一雌一雄)的麒麟摇头摆尾地进了场,先向人们作了一个罗圈揖,然后开始表演。

走在最前头的是一个大头娃,他手持红布,或站立,或蹲伏,或前瞻,不断地挑逗着麒麟。舞麒麟的是两个年轻人,他们一人舞动麒麟头,一人牵动麒麟尾,俩人随着锣、鼓、镲的轻、重、快、慢节奏,或晃头、张望、舔脚、舔尾、搔痒、滚地、嬉戏、见青、抢青、嚼青、吞青,把麒麟的喜、乐、祥、和、凝、惊、醉、睡、威、猛、灵、动等各种神态表现得活灵活现,有时又即兴发挥,诙谐幽默,特别是大头崽戏麒麟的表演,融入一些生活的搞笑细节,逗得众人捧腹大笑。

这时鼓声停了下来,人群中有人唱起麒麟会狮歌来,两组人一唱一和,将气氛推向了高潮:

> 狮子旺龙又旺龙,
> 问你带有几条龙?
> 狮子旺龙又旺龙,
> 我今带有九条龙。
> 狮子什盘来舞卷,
> 谁人带你下山来?
> 狮子什盘来舞卷,
> 嵋仙带我下山来。

唱和完后紧接着放起鞭炮，麒麟退场，接下来是武术表演。

武术表演又俗称"打功夫"环节。先是拳术，有"拳打四方""饿虎擒狼""龙头凤尾""观音坐莲""鲤鱼戏水""猴子偷桃""海底捞月""扫堂腿""仙女散花""美人照镜"等，共十套。然后是单双人持械表演，有棍桩、沙刃、凳桩、铁叉对尖、白手对双刃、猴棍、光钯对内尖、二棍、拳伞、单钯、长棍等，共十一套。黄友是第一个上场表演，他耍了一段南拳，引得众人齐声喝彩。

这场麒麟舞足足表演了近两个小时，演完后再到祠堂里拜祖宗，之后浩浩荡荡地走乡串户，到各家各户拜门送福，每户人家都喜笑颜开地给送红包，有钱的人还外送一块布料，布料用长尾竹子挂起，像一面面的大旗。麒麟队把大面额的钞票贴在布料上，走街过巷，十分张扬。

大年初六这一天在热热闹闹的气氛中不知不觉地过去了。吃晚饭时，邻村的油甘埔派人送来请帖，邀请凤德岭麒麟队于上九日（正月初九）到油甘埔的江屋恭迎玉皇大帝圣诞辰，祈福纳祥。

3

在岭南民间的风俗文化中，农历正月初九是玉皇大帝的圣诞，民间称之为"玉皇诞"，这天要举行盛大的祝寿仪式，诵经礼拜。家家户户于此日都要望空叩拜,以祈求天官赐福,有更好的运气到来。

初九这天早上,凤德岭派出两支麒麟队,一路敲锣打鼓地去油甘埔参加"玉皇诞",在路上遇到雁田的麒麟队,两支麒麟队各低麒麟头,互相谦让,都不肯向前,僵持不下。雁田的一位老者见状笑道:"既然大家都不肯在前,那就各安排一队麒麟并排走吧!"大家都说这个主意好,于是两村的麒麟队你拜我一下,我回你一礼,一起向油甘埔的江屋走去。

江屋是油甘埔的江姓先民所建的民居,始建于18世纪初,占地面积六千多平方米,建筑面积五千多平方米。一条南北长八十米、东西宽两米的正巷把江屋客家民居分为东西两部分,西部有九排九十五间房子,东部有八排六十八间房子。房子坐北向南。每间房子南北长八米,东西宽四米;前后两排房子之间,有一条宽约两米,长四十米的小巷。俯看,江屋客家民居就像一个巨大的"非"字。每排房屋由东西走向小巷分隔前后。每天早晨,太阳东升,阳光洒满每条小巷,每间房屋同享阳光普照。客家人传统笃信风水,因而又在村屋西面建了一排十间房屋,正面朝东,以迎聚"紫气东来"。在村屋东边入口,南北分别建有三座碉楼。先是1920年在北面建造九层"永升楼"(又称凤岗第一高楼),后1934年在南面建造两座五层的"石金楼"和"勋堂楼"。西南面还建有占地七百平方米的"华庆书室",作为江氏子弟启蒙馆所及宗族婚寿宴客活动场所,体现了客家人"耕读为本"和儒家"孝悌""仁爱"的思想文化。

跟其他村的碉楼一样，江屋的墙体也是用石灰、黏土、沙石夯实；屋顶呈金字形，以杉木椽、杉木板为架，盖灰色瓦。中间前半部为厨房和冲凉房，后为正厅，偏间为卧房，厅的屋顶嵌镶明瓦，后墙有一个小窗，用以采光和通风。每户正门上都装有带有某种意义的门匾；四周的屋檐下及室内的墙上画有山水、花鸟、人物画，写有诗词。有的偏房的门上采用浮雕工艺塑上蝙蝠样的花纹，具有浓郁的客家文化特色。

在江屋的左侧，有一个可容纳几千人的禾场，这是油甘埔村几姓人共用的场圃，一是打稻谷等农作物时用来方便，同时也是村里举行大型活动的场地。

两只麒麟队离禾场还有两三百米远，油甘埔便已派出自己的麒麟来迎接，三队麒麟见了面，又是一番互拜，鞭炮炸得满天彻响。无数人密密匝匝地围成一圈，不少小孩子像猴一样在人群中钻来钻去，不时发出欢快的笑声。有的则索性爬到了草垛上，一边嗑瓜子一边看麒麟。

黄友穿着功夫服，随着麒麟队进了场子，原来凤岗每个村都派麒麟参加了，场内有二十多头麒麟，热闹非凡，它们围成一圈，左右摆动着头，大头娃奔走其间，麒麟队员的小腿肚子都扎着红色的脚猛，上面绣着龙凤，黄友知道这叫龙凤腿；系着的腰带也分为黄、红、黑三色，其中系黄色腰带者刚入门，系红色腰带者入门过了三年，系黑色腰带者则入门十年。随着唢呐声响起，麒麟宛如调皮的大猫，随着音乐有节奏地展现出洞、嚼脚、弄麒麟尾、打瞌睡、摆青、踢青、采青、水仙花、十字青、鹩花园（在花园中愉快闲逛）等精彩动作，其中弄麒麟尾尤为亮眼，只见小尾巴间歇性抖动，麒麟头转动，正准备扑上去，小尾巴又没了动静。反复了几回，麒麟前爪终于扑倒了麒麟尾。这时，麒麟尾一动不动，麒麟头不明所以，只好挪开。没一会儿，小尾巴又开始随着唢呐抖动，麒麟前爪又一次逮住了小尾巴……直到另一只麒麟加入，这个环节才结束。

麒麟表演结束后，各村的队员们轮番使用快耙、大刀、长棍、藤盾等十多兵器，或单独表演棍术、拳术等，或以二人一组的方式使用不同武器对抗。观众围了里三层外三层，掌声不断，把欢乐的气氛不断推向高潮。

但谁也不知道，一场灾难正在悄悄降临……

4

在喧天的锣鼓声中，一架日机像一只巨大的铁苍蝇嗡嗡地从东边飞过来。

这是一架隶属于日军第1航空战队的飞机，它从广州白云机场起飞，沿广九线一路向西侦察过来，当飞至油甘埔上空时，发现了在场坪上聚会的群众。

日军的飞机是黄友第一个发现的。

自从成为游击队的交通员后，黄友的警惕性提高了许多,特别是在节假日或人群聚会的时候,他尤其紧张,因为他知道,这往往成为日军丧心病狂屠杀百姓的机会。

油甘埔与平湖近在咫尺,黄友担心驻平湖的日军偷袭,所以一直在外围警戒。

但没想到的是,平湖的日军没有来,而是来了一架敌机。

上午十点多钟,黄友在坪场北边的一处土堆上瞭望时,突然发现一架日机从凤德岭方向朝这边掠过来,他慌忙朝人群跑去,站在场中心挥手大喊道:"日本飞机来了,大家快跑呀!"

人们莫名其妙地看着他,不知发生了什么事。黄友火急火燎地一把抢过一个铜锣,猛敲了一下,跺脚喊道:"鬼子的飞机来了!快跑,大家快跑呀!"一边挥手狂朝天上指。

日机巨大的轰鸣淹没了喧天的锣鼓声,人群这才明白是怎么回事,最初的一刹那间是可怕的,没有什么比一群惊惶失措的人更可怜的了,他们慌作一团,不知所措地叫喊着,奔跑着,坪场上乱成了一锅粥。有些吓昏了的人从坪场里跑到这边,又跑到那边,像一只无头苍蝇在乱撞。有的摔倒在地下,被人们踩踏,发出撕心裂肺的惨叫声。有的不顾自己的生命保护自己的孩子,毫无目的地逃命。敌机像一头怪兽在空中盘旋,它居高临下地射出条条火舌,一具具尸体倒在了血泊中。有的子弹射在土坪上,钻出一个个杯子大小的圆洞,泥土溅出灰黄色的泥土,像是它喷出的血。在子弹尖锐的破空声中,一个三岁大的孩子大声地呼唤:"阿妈——阿妈——"但是没有人回应他,他哇哇大哭,那凄凉的哭声逐渐变得沙哑了,可是他的阿母却再也听不到了。他不知发生了什么事情,不知阿妈为何一动不动,也不知道从此以后将成为一个没有娘的孩子,他更不知道今后该怎样生存。

……终于,日本飞机飞走了,而土坪场成了人间地狱,到处一片狼藉。天空灰蒙蒙的,只有那一个小男孩衣衫褴褛地呆坐在一条小沟里,恐惧地看着眼前的一切。

欢乐的祭祀活动变成了一场血腥的屠杀,整个凤岗被一片愁云惨雾所笼罩。

此时黄友抱着一个小女孩躲进江屋的一条窄巷子里,那女孩趴在他怀里瑟瑟发抖,巨大的悲痛和愤怒撕碎了他的心,同时他暗暗下了决心:一定要当个真正的战士,上阵杀敌!

第六章

1

大年初六的惨案仿佛成了这一年的恶兆。

日本人像一群贪得无厌的狼,隔三岔五地就进村烧杀抢劫,凤岗笼罩在一片白色恐怖之中。

转眼又到了1940年的冬天。

这一天上午,一个班的日伪军又到竹塘抢劫,村民闻讯逃进附近的山里,日伪军进村打砸一番后,抢了十几只鸡鸭和两三头羊,然后扬长而去。

村民对日伪军,尤其是对带路的汉奸恨之入骨,恨不得将其打死方出胸中的一股恶气。

机会终于来了!

这次给日军带路的汉奸是凤岗本地人,因他总是哈着腰,好像永远站不直,所以人们就给他起了个绰号,叫"哈狗子",叫得久了,人们倒不记得他的真名真姓了,就连是哪个村的人都不知道了,只知道他是个狗汉奸。

这次来竹塘抢劫,其实是哈狗子的主意,因为他手里没钱了——他在龙岗有个姘头,每个月都要交份子钱。

在竹塘村抢劫完后,哈狗子嘴里斜叼着一根烟,手里牵着一头羊,哼着一支下流曲子,慢悠悠地走在队伍的最后面,他在寻思到哪里去卖了这头羊换钱,然后去讨姘头的欢心。

这时竹塘村的两个张姓青年悄悄地尾随着他,哈狗子一心想着他的姘头,根本没有发现背后有人跟踪。转一个大弯时,前面的日军被遮住,两个年轻人快步上前,一棒子打在哈狗子的顶门上,哈狗子闷哼一声,一头栽倒在地。两个青年把他拖进路边的甘蔗田,一顿乱棒打死,又在蔗林深处挖了一个深坑,将其埋了,再在坑上面铺上一层甘蔗叶,纵是神仙也难发现。

日军见哈狗子没有一起回来,也没多去打听,以为是他害怕当汉奸逃跑了。哪怕就是死了,对他们来说也像死了一条狗。虽然抵抗的中国人很多,但要找到当汉奸的中国人也不难。其实日本人心里也明白,如果没有汉奸,他们根本不会这么快就占领中国。

竹塘村的人对哈狗子被乱棍打死的事守口如瓶,个个心花怒放,但高兴没几天,日军的飞机又袭击了天堂围火车站,用机枪打死打伤客商和难民十多人,还在天堂围新庙仔和车站扔下数十枚炸弹,炸毁多间民房、祠堂、和商铺(其中有大型商铺,如同发客栈、友记浆园铺、联兴建材店、均益打铁铺),就连一所学校也被炸了,所过之处,满目疮痍。

2

　　1941年夏秋间，中共东莞县委根据上级指示，清塘区委将惠东宝三县交界地区的武装队伍改建成"灰色武装"，由廖彪担任队长，李植光担任指导员兼党支部书记。

　　所谓"灰色武装"，即表面上打着国民党的牌子，部队却由中共党员掌握，贯彻执行的也是中国共产党的抗日救国路线、方针和政策，他的任务是发展队伍，为前线部队筹集物资。

　　廖彪是凤岗镇五联村人，1911年出生，27岁加入中国共产党，由于作战勇敢，第二年，亦即1939年1月就升任惠东宝边人民抗日游击大队第二中队长，仅三个月后，又转任第四战区东江游击指挥所第四游击纵队直辖第二大队下辖第二中队队长，不到一年，又改任"灰色武装"队长。

　　廖彪上任后，立即组建队伍，他挑选了十几名有武装斗争经验的党员和进步青壮年，没有枪支弹药，便找各个党支部动员党员和爱国人士"化缘"，队伍慢慢地壮大起来。

　　"灰色武装"主要在龙岗、凤岗、清溪、塘厦一带活动，黄友不知从哪里听说了这支部队。一天晚上，他找到黄甫仁，说："仁叔，听说我们这又来了一支打日本的游击队，叫'灰色武装'，您认识吗？"

　　黄甫仁放下手中的活计，回道："当然认识！这支游击队的队长叫廖彪,是我们五联村人。"

黄友惊讶得差点跳起来,兴奋地道:"廖队长是我们五联村人?那肯定是个大英雄喽!"

黄甫仁看着黄友激动不已的样子,不由得笑了,说:"游击队员个个都是大英雄,廖队长当然也是。"

黄友拖过一条凳子,紧挨着黄甫仁说:"叔,那您就跟我讲讲廖队长的英雄故事呗!"

黄甫仁抽了一口旱烟,说:"廖队长的英雄故事可多了!这样吧,我就跟你讲讲他当'灰色部队'队长以后的三件事。第一件呀,就是他孤身深入虎穴,成功策反了惠阳县圆头村的土匪头子宋发起义;第二件事呢,就是廖队长只带了一个班的兵力就截获了国民党保八团的走私物资,变卖了六七十万块钱,解决了上级组织和部队资金不足的大问题;第三件就更加有传奇色彩了:1941年12月上旬,日寇攻占香港后,上级指示廖彪率'灰色武装'到香港九龙,搜集英军隐藏、遗弃的战略物资,前前后后近两个月,他们搜集了一大批战略物资,然后又率队把这些战利品运回宝安交给组织,胜利完成了任务。你说,廖队长是不是大英雄?"

黄友听得眉飞色舞,激动地一把抓住黄甫仁的胳膊道:"仁叔,带我去参加廖队长的队伍吧。"

黄甫仁沉吟不语,他知道黄友参军心切,已经憋不住了。如果再不答应,怕他自己进山去找部队,到时不知会闹出什么事来。再者,自黄友参加地下交通员后,已经成熟了很

第六章

多，具备了参军的条件。但黄甫仁还是顾虑重重，一是黄友年纪比较小，第二也是最重要的，黄友家庭已经单传三代人了，到黄友这一代仍然是单传，农村里讲"不孝有三，无后为大"，黄甫仁不得不考虑这个因素。

黄友讲黄甫仁不说话，急了，说："仁叔你要是再不答应，我就自己去找。凤岗就这么大，我就不信找不到廖队长的队伍！"

黄甫仁长长叹了一口气，严肃地说："我可以带你去参加廖队长的队伍，但你一切要听组织的安排，组织让你干什么就干什么，一切行动听指挥，不得有半点违抗。如果你做不到这点，不说参加游击队，就是地下交通员也不让你干！"

黄友把胸脯子一拍，大声说道："我坚决服从上级的命令！"

三天后，黄甫仁把黄友带到了"灰色部队"，廖彪早已跟黄甫仁商量好了，让黄友当了自己的通讯员。

第七章

1

黄友在给廖彪当通讯员的同时，也在苦练杀敌本领。

但由于他个子小，每次训练都站在队列最后。由于部队缺乏枪支，所以没有给黄友发枪，黄友只好两手空空地站在那儿，眼巴巴地看着战友们训练。后来他灵机一动，找来一根木棍当枪，有板有眼地练起刺杀。可在黄友心里，他是多么渴望拥有一支真枪啊！

黄友的邻居黄才也是游击队员，只比他大两岁，却是一个"老兵"了。这天训练空隙，黄友挨挨擦擦地靠近黄才，两眼紧盯着他手里的枪说："才哥，你能把枪给我摸摸吗？"

黄才心里非常喜欢这个聪明机智的族弟，便故意逗他说："枪是你想摸就摸的吗？"把枪往怀里一抱，转过身去，看都不让黄友看。

"哼，不给就不给！总有一天，我也会有一支真枪。"黄友气得腮帮子鼓得像青蛙，掉转屁股蛋子就走。

第七章

黄才见黄友真的生气了,不由得哈哈大笑起来,说:"我是逗你玩儿的!来吧,让你摸个够!"

黄友喜出望外,一把夺过黄才手里的枪,从枪托摸到准星,像在摸一个稀珍的宝贝。尔后又端起枪,做出瞄准的样子,嘴巴里啪的一声清响,说:"瞧,我打死了一个鬼子!"

训练时间又到了,黄友万分不舍地把枪还给黄才,但他越想越不服气,便气冲冲地跑到队部办公室,说:"给我一支枪!"

廖彪正在和游击队的何通、黄克等几位领导商量事件,被黄友的"偷袭"吓了一跳,批评道:"进上级办公室要先打报告,不知道吗?"

黄友的脸唰地红到耳根,慌忙退到屋外,立正敬礼,喊道:"报告!"

"进来!"

"是!"

黄友进来后站得笔直,双眼炯炯地看着廖彪,大声道:"报告,我要一支枪!"

廖彪看着黄友气咻咻的样子,笑道:"你要枪干什么?"

黄友把头一昂,大声说道:"要枪打日本鬼子。"

廖彪继续逗他:"打鬼子是大人的事,你的任务是当好通讯员。"

"我不当通讯员,我要上前线打鬼子!"

"你枪都端不起,怎么打鬼子?你先练好力气再说。"

"这话当真?"

"当真!"

"一言定为!等我把力气练大了,你们一定要给我发一支真枪!"

"一言为定!"

为了早日得到一支真枪,黄友豁出去了,为了尽快增强力气,他想尽一切办法训练自己:练臂力,他一口气做100个俯卧撑;练脚力,他在双腿上绑沙包跑步,直累得瘫地上才肯罢休。

这样勤学苦练三个多月后,黄友真的变强壮了不少。他觉得自己可以成为一名合格的战士了,于是满怀信心地去找何通。

廖彪赞许地看着黄友,表扬道:"这几个月你表现得非常好,你已经成为一名合格的战士了?"

黄友迫不及待地问:"那是不是可以给我发枪了?"

廖彪苦笑了一下,说:"黄友同志,我们的枪支非常少,人手不到一支。这样,等下回打仗缴获了我一定给你发一支,好吗?"

黄友委屈得眼泪都掉了下来,但是他知道,队长说的是实情,队伍确实缺乏武器,只好万般无奈地退出来,找黄才诉委屈去了。

黄才非常理解黄友的心情,但是他知道,一切安慰的话都是多余的,只有真枪才能解开黄友的心结。可部队一时到哪里去弄真枪呢?

这天吃过晚饭后,黄才来到后面的柴房里翻个不停,终于找到几块木板。他把宽一点的木板做枪托,把窄一点的木条做枪管。然后找来一支步枪,在木板上照葫芦画瓢,画出枪的模型,用锯子沿线锯下,再把枪托和枪管用铁钉钉在一起,一把惟妙惟肖的木枪就这样制成了。

枪做好后,黄才偷偷地把它塞到黄友的床铺下。晚上黄友训练回来,一屁股座在床沿上,却发现床铺下有东西硌屁股,站起来伸手一摸,竟是一把木枪,不由得惊喜万分,激动地喊道:

"我有枪了!我有枪了!"

屋里人看着他的兴奋样,都哈哈大笑起来,打趣道:"黄友仔,要是这是一支真枪,你不得乐上天了?"

黄友端着木枪做出瞄准射击的样子,说:"下次打仗,我缴一支枪回来给你们瞧瞧!"又对黄才说,"黄才哥,谢谢你给我做的木枪。以后就是有了真枪,我也会好好地保管好它!"

为了鼓励黄友的斗志,黄才讲起自己的革命故事:十二岁被敌人抓去当壮丁,随后机智地逃了出来,光荣地加入了东江游击纵队。

听完黄才的话,黄友恍然大悟地说:"才哥,你今天不说这些我还一直以为你在外面揾工呢,还有的人说你……

你……死了,原来是参加了游击队。只是……只是这么多年你怎么不回家看看呢?免得你家里担心呀!"

黄才长长地叹了一口气,声音沉重地说:"没有国,哪有家!"停顿了一下又继续说,"其实每隔一段时间我就给家里捎封信,让我爹娘放心。我不回家,是怕敌人发现我参加游击队了报复我家人。"

黄友的眼睛湿了,他紧紧地握住黄才的手,动情地说:"才哥,虽然我们不是亲兄弟,但都是一个祖宗,现在我们又都参加了队伍,以后不是兄弟都胜似兄弟了。"

黄才揽住黄友的肩膀,说:"我们本来就是兄弟!"

2

1941年8月13日,凌晨四点多,清溪镇三峰村的村民正在酣睡中。

然而就在此时,几十个全副武装的日本鬼子绕过石马河,悄悄地朝清溪的三峰村窜来,被村头的哨兵的发现,哨兵马上筛锣鸣号,一边大喊"鬼子来了!",一边开枪示警。敌人见偷袭已败露,点燃了一个草房子,熊熊大火顿时映红了半个夜空,熟睡中的乡亲被惊醒,急忙向南门山转移。南门山与凤岗镇首尾相连,长满了茂密的树林,是老百姓藏身的天然屏障。

清脆的枪声也惊动了在南门山的游击队,廖彪迅速率领游击队从一条山沟里穿过去,绕到三峰村后面的一座小山,抢占制高点。机枪手、步枪手各就各位,几个年富力强的"炮兵"架好了两门自制的土炮,往炮膛里装埋火药和铁砂,准备战斗。

天渐渐亮了,敌人兵分两路,杀气腾腾地闯进村来。"轰!"山头上的土炮发出一声巨响,铁砂朝鬼子们的头上飞去。与此同时,游击队的机关枪、步枪组成的密集火力网,一齐朝鬼子射击。鬼子不敢靠近,只是朝山上胡乱放枪。

上午10点钟左右,塘厦、龙岗的抗日游击队也闻讯赶来支援,鬼子见游击队越战越勇,知道讨不到便宜,只好无奈地撤回到清溪、塘厦的据点去了。

但敌人不甘心失败,于第二天下午卷土重来,这时群众正在田里插晚秧,见鬼子又进村,马上洗手上田转移到山上。埋伏在山上的游击队倚着地形开枪射击,冲在前面的几个伪军应声倒地,此时太阳快要下山了,伪军不敢恋战,抬着几个伤员撤回了老巢。

一连两天抗击日伪军的胜利,极大地鼓舞了我军民的士气。但廖彪、何通等人不敢有丝毫麻痹,他们把游击队和青壮年全部安排上山过夜,其余的群众就集中藏在村里的碉楼里。

果然不出所料,8月21日,天刚朦胧亮,何通发现不远的山岗上有人在走动,走在前头的几个是穿便衣的汉奸,一群跟在后面的是日本鬼子,便大声呼喊道"鬼子来了",随即端起枪向敌人射击,双方激战至中午时分,周围的群众也自动加入进来,日本鬼子见势不妙,只好又灰溜溜地撤了回去。

3

一转眼,黄友参加游击队已经半年了。

这半年里,黄友跟着廖彪、何通等几位首长学了不少打仗的知识,但他还没有真正参加过一次战斗。他知道,这是首长出于好心在保护他,但他不需要这样的保护,因为真正的战士是在枪林弹雨中打出来的,而不是被保护出来的,他一直渴望着参加战斗,让硝烟给自己来一次洗礼。

更让黄友感到气馁的是,他不但没有枪,而且还不在战斗班排,所以他非常羡慕黄才在战斗班排冲锋陷阵。

这天晚上,黄才找到黄友,神神秘秘地说:"告诉你一个好消息。"

"什么好消息?"

"我们游击队要成立'小鬼班'了!"

黄友诧异地问:"小鬼班?什么小鬼班?"

"就是由我们孩子组成的战斗班,所以叫小鬼班!"

黄友激动得跳起来,两眼放光地说:"太好了!我要参加这个小鬼班!"话音未落,人就像一团旋风似的卷了出去,飞快地朝指挥部跑去,大喊一声:"报告。"

屋里响起廖彪的声音:"进来!"

第七章

"报告队长,我要到班排去当战士。"

廖彪没有回答,而是朝副队长何通笑了笑,何通见状道:"老廖,我看就同意黄友的请求吧!这半年多来,他差不多要憋疯了。"

何通的话逗得屋子里的人全笑了,廖彪点头道:"既然大家都同意,那你就参加小鬼班吧!"

"真的?你说的是真的吗?"黄友激动地冲过去一把抱住廖彪,廖彪故意拉下脸批评道:"你这家伙,没一点纪律!忘记在部队不许嬉笑打闹,忘记了吗?"

黄友立即挺直身子,立正答道:"是!"

何通深深地看着还是满脸稚气的黄友,心头不由得涌起一股怜惜,他轻轻抚摸着黄友的头,温声说道:"友仔,到小鬼班当战士是一件非常严肃的事。虽然你年纪还小,但作为一名战士,一名军人,就要有随时牺牲的思想准备。你以前一心想要枪,可你知道枪的意义和作用是什么吗?"

"当然是杀日本鬼子了!"

"你只答对了一半。"何通语重心长地说,"枪是战士的生命,它甚至比我们的生命还要重要!以前我为什么不发枪给你?因为我们的枪都是从敌人手中夺过来,是游击队员用生命换来的,来之不易啊!在以后的战斗中,要做到人在枪在,人亡枪亡,坚决不能落到敌人手里!"

一股热血从黄友体内腾起,他将胸脯一挺,声音坚定地回道:"首长,我一定从敌人里抢一支枪回来,用敌人的枪狠狠地消灭敌人!"

何通挽着黄友走到屋外,指着巍巍的群山说:"你看,我们的家乡多么美丽,多么富饶!我们怎么能容忍日寇去侵略她、践踏她?所以我们一定要把鬼子消灭干净,把他们赶出凤岗,赶出东莞,赶出广东,赶出全中国,还我大好河山!"

第八章

1

小鬼班是清一色的小鬼,最大的战士十九岁,最小的年仅十三岁。这些红小鬼,绝大多数是孤儿,他们的家人要么是被日本鬼子杀害,要么是革命英烈的后代,因此东江纵队的领导把他们视为宝贝疙瘩,很少安排他们参加战斗。但这引起了小鬼班战士们的不满,经常嚷嚷着请战打鬼子,让领导头疼不已,最后只得让他们参加一些打扫战场这样的善后工作。

自从参加游击队后,黄友还没回过家,他非常想念爷爷和妈妈,于是跟领导请了假,便如飞鸟投林一般朝家里跑去。

远远地,他看见自己那间灰黄色的小房子,心头升起一股浓浓的暖意,眼随之湿了。

当他跨进门槛的那一刹那,发现妈妈正半蹲着切猪草,头上又多了许多银丝。黄友的鼻子蓦然一酸,带着哭音叫道:"妈妈!"随即一头扑进妈妈怀里。

妈妈看着怀里的黄友,以为是在梦中,待回过神后,猛地捧住黄友的脸蛋狂亲不止,喃喃说道:"友儿,你可回来了,想死妈妈了。"说罢泪落如雨。

母子俩很久才平静下来。黄友捡起地上的菜刀,娴熟地切起猪菜,一边问:"妈妈,我爷爷呢?"

"爷爷一大早就去地里干活了,等下我给他老人家送饭去。"

黄友说,"让我去送吧。这些天想死我爷爷了!"

妈妈万分怜爱地看着儿子,她发现,黄友长高长结实了,以前的淘气劲不见了,换来的是沉稳甚至是几分老练,她十分诧异儿子的变化,才短短大半年,黄友像变了个人似的。

黄友喂完猪食,便提着篮子去给爷爷送饭。刚走到门前的那棵大槐树底下,却见爷爷牵着牛蹒跚而归,爷爷虽上了年纪,但眼却还很尖,他隔老远就发现了黄友,兴奋地喊道:"我的乖友仔回来啦?"

"爷爷,是我!"黄友把篮子放在地上,张开双臂飞跑过去,一把搂住爷爷,旁边的那头大水牛也亲热地蹭着黄友,蹭得黄友咯咯地笑个不停。

爷孙俩还未到家门口,妈妈已迎了出来,一家人在大槐树下有说有笑,其乐融融。

说笑了一阵,黄友从爷爷手里牵过大水牛,拴在旁边的牛桩上,弯腰无意一瞥时,发现一个人站在巷子里鬼鬼祟祟地向这边张望。定睛看时,原来是同村的黄狗仔。

黄狗仔看见黄友发现了他,忙挥手道:"黄友仔,你从游

第八章

击队回来啦？"

黄友心中一凛，他参加游击队的事只有爷爷和妈妈知道，外人一概不知，黄狗仔是怎么知道的？不由得起了警惕，便回道："你可别乱说话，要是让日本人知道我就惨了。这几个月我是跟我舅舅去学手艺了，走南闯北刚回来。"

黄狗仔跋着一双烂鞋，歪歪咧咧地走过来，皮笑肉不笑地说："可我听乡亲们说你是参加游击队哟！"

黄友看出了他的笑里藏刀，不答反问："你这么关心游击队，是不是想去参加呀？"

黄狗仔的脸都白了，双手摇得像拨浪鼓，连连说："不会，不会，我哪会参加什么游击队？那可是要掉脑袋的。"黄狗仔凑上来给爷爷递了一根水烟，爷爷没有接，冷声道："黄狗仔，看在同一个祖宗的份儿上，我最后劝你一次，别跟日本人当汉奸了，不然没有好下场！"

黄狗仔讨了个老大的没趣，悻悻地走了。黄友问爷爷道："他是什么时候当汉奸的？"

爷爷没好气地说："还不是跟天堂围的陈华仔一起当的汉奸。这家伙，我们黄家祖宗的脸都被他丢光了！"长长叹了一口气，又说，"不过他没陈华仔那么坏，只是给日本鬼子跑跑腿什么的，不像陈华仔在地方上杀人放火。"

黄友又问："他是怎么知道我参加游击队的？"

"他应该是瞎猜。不过世上没有不透风的墙，以后你回家要注意点。"

黄友点点头,同时心里萌生了一个大胆的想法。

2

第二天吃过早饭后,黄友装作闲逛的样子来到黄甫仁家里,将黄狗仔的事跟黄甫仁做了汇报。黄甫仁道:"黄狗仔当汉奸的事我已经知道了,但他没有什么大恶,所以暂时还没有动他。但他始终是我们的威胁,要想个办法才行。"

黄友点头道:"对黄狗仔,我们该怎么办就要怎么办,不能因为是同宗就姑息他。"

黄甫仁摸了摸黄友的头,表扬道:"嗯,有觉悟。你回部队后,要把这事向领导汇报。"

黄友点了点头,说道:"好的。另外,黄狗仔不是想在我身上套游击队的情报吗?那我为什么不能反过来在他身上探日军的情报呢?"

黄甫仁说道:"这个想法好是好,但有点危险。"

黄友坚定地道:"'不入虎穴,焉得虎子',只要小心谨慎,就不会有什么危险。"

"那行,你务必要小心行事,安全第一。"黄甫仁给了黄友两瓶黄酒、一包点心作为随身礼物,黄友要给钱。黄甫仁佯作生气地道:"你这孩子,这是为革命工作,我能要你的钱吗?就算是私事,我这个做叔的也不会收你的钱呀。"

黄友见黄甫仁这么说,便不再坚持,郑重地敬了个军礼，说道："我保证完成任务。"

黄友提着礼品来到黄狗仔家，见门开着，屋里却没人，遂叫道："阿叔在家吗？"

黄狗仔正躺在床上琢磨黄友的事，蓦听到黄友的叫声，吓了一跳，从床上一跃而起，拎着枪冲了出来，一看黄友手里竟提着礼物，悬着的心这才放下来，把手枪别在腰里，笑道："哟，小友仔，想不到你来看我了！"

黄友把礼品放在桌子上，说："我妈说我不在家的时候，您经常帮我们家里干一些重农活，所以我一定要谢谢您！"

黄狗仔自从当了汉奸，村里没一个人对他有好脸色，现在见黄友这么说，心里很是感动，便叫老婆做饭，要留黄友在家里吃早饭。

黄友本想推辞，但为了套情报，只好应允下来。

吃饭时，黄狗仔不停向黄友打听游击队的事。黄友道："阿叔，我真没参加游击队。您想想，我是家里的独子，爸爸又在国外谋生。如果我参加那个什么游击队，万一打仗时被打死了怎么办？我们中国有句古话：不孝有三，无后为大，我可不想我们家绝后哟！"

"可村里好多人都说你参加游击队了。前不久居清溪三峰游击队打日军，还说是你侦察的情报。"

黄友笑道："阿叔，您跟我说书呢！您是看着我长大的，您说，我有那个本事吗？"

黄狗仔半信半疑地说："那村里人怎么说你参加游击队了呢？"

"不了解真相的人瞎说呗！您看您，这么好的一个人，村里还不是有人说您是汉奸。对不对？"

"对，对！"黄狗仔听得心花怒放，他给黄友夹了一筷子菜，说，"你这话说到我心坎上了！我哪是什么汉奸？就是跟小日本跑跑腿什么的，完全是为了混口饭吃。那些罪大恶极的缺德事，我坚决不会干！谁愿意让子子孙孙背骂名呢？"

黄友恭维道："所以我说您不是汉奸。"

黄狗仔话锋一转，又聊到游击队身上来，问黄友："听说游击队的人个个会飞檐走壁，是不是这样？"

黄友机灵地道："您都不知道，我怎么会知道？"

黄狗仔讪讪一笑，道："我看他们传得神乎其神的，所以就问问你。"

黄友知道黄狗仔还对自己存在疑心，遂说道："实话跟您说吧，我在舅舅那把手艺学好了，就准备出国到我爸爸那去，那边太平，不像国内兵荒马乱。哪怕是赚不到钱，但能赚一条命么，您说是不是？"

"是这样，是这样。"见黄友这么说，黄狗仔才彻底打消了对黄友的怀疑和警惕，他抿了一口酒，叹道："'宁做太平狗，不做乱世人'，现在这世道，还是出国好，能走多远就走多远。我要是有亲戚在海外，我也走了。"

黄友趁机道："您跟日本人做事，可以去日本呀！"

黄狗仔冷笑一声："日本人不把中国人当人看,去日本那不更是肉包子打狗——有去无回吗?"

"难道日本人不信任您?"

"他奶奶的,信任个屁!比如后天他们要进山消灭游击队,这么大的事也不告诉我一声,还是翻译告诉我的。"

黄友心里大吃了一惊,但脸上不动声色,平静地问道:"那应该是白天吧?日本人不认识山路,夜里肯定打不了。"

黄狗仔又抿了一口酒,不无得意地说:"这次你就猜错了!游击队打夜战厉害,所以肯定不会料到日本人敢在夜里偷袭他们。"

黄友故意哼了一口气,装作不信的样子说:"日本人肯定偷袭不成!凤岗那么多山,他们上哪儿去找游击队?"

黄狗仔长叹了一口气,说:"是呀,皇军就是为这个发愁呢!他们想找一个本地人做向导。"

"您不是现成的吗?"

"我?"黄狗仔脸都吓白了,双手摇得像蒲扇,说,"带路要走在队伍最前面,第一个死的就是我。"突然眼一亮,指着黄友说,"你最合适!"

黄友在顷刻间就明白了黄狗仔的用意,但没点破,故作糊涂问:"我最合适什么?"

"最合适给皇军带路呀!"

黄友吓得筷子都掉了下来,失声道:"阿叔你这是在害我去送命呢，不去，不去！"起身要走。黄狗仔急了，连忙拉住他，说："友仔我怎么会害你呢？其实带路也没那么危险。"

"你刚才不是说死的第一个就是带路的吗？"

"这要看是什么人嘛！我是成年人，游击队肯定会打死我。可你就不同了，是个小孩子，游击队怎么会打小孩子呢？所以你给日本人带路没一点危险。"

"话是这么说，可打起打仗来子弹乱飞，说不定就被乱枪打死了。"

"这个你不用担心。我跟皇军去汇报，让你提前一阵子离开，等你走远了才开枪，这样你就万无一失了。"

这时黄友心头突然冒出一个想法：将计就计将日军引进游击队的伏击圈，打他个伏击战。

主意已定。但他不敢答应得太痛快，怕引起黄狗仔的疑心，遂吞吞吐吐地道："这个……这个……我要回去跟爷爷商量下。"

黄狗仔吓了一跳，连忙说："这事千万别跟你爷爷和妈妈商量，他们不但不会同意，反而还会闹到我的家里来。你爷爷的那个脾气，你不是不知道。"

黄友挠了挠头，沉吟了一会，很为难地说道："那……好吧！不过我要回去好好地想想，明天答复你。"

"行！行！"黄狗仔喜出望外，又往黄友碗里挟了几筷子菜，说，"小侄子，明天我就等你好消息。"

"嗯！"黄友吃完饭告辞出来，故意在村子里绕了一圈，趁人不注意，一闪身钻进黄甫仁的家，将这个重要情报做了汇报，并说了自己的计划。

黄甫仁听完，紧紧地握着黄友的手，激动地说："黄友仔，你提供的情报非常重要，你的计策也非常好，你已经成长为一名优秀的革命战士了，了不起！我现在就回游击队汇报情况，你等我回来再做决定，千万不能轻举妄动。"

"好的。那我们什么时候见面。"

"今天傍晚，你装作上我家买东西。"

俩人商量好后，即分头行事：黄甫仁去嶂厦游击队根据地汇报情况，黄友则在家里等候消息。

好不容易挨到傍晚，黄友晚饭都没顾得上吃，就匆匆赶到黄甫仁家里，黄甫仁兴奋地说："组织上对这个情报非常重视，也同意了你的请求。"接着把战斗部署详细地说了一遍，黄友牢牢记在心里，盘算着如何明天对付黄狗仔。

3

第二天早上，黄友拿着一把镰刀，牵着牛故意路过黄狗仔的家，黄狗仔正蹲在门口抽烟，抬眼看见黄友，屁股像装了弹簧似的弹了起来，跑过来一把拉住黄友，急切地问："怎么样，考虑好了吗？"

黄友竖起食指嘘了一声，紧张地往家的方向看了看，压低了声音说:"我到村东头那片荒草地那里等你,你等一会再过来,千万不要尾随我,懂吗?"

"懂!懂!"黄狗仔连连点着头,点头哈腰地退了回去。

大概过了半个小时,黄狗仔果然屁颠屁颠地跑了过来,来不及歇口气,便迫不及待地问:"友仔,你是不是答应了?"

"给日本人带路可以,但我有一个条件。"

"什么条件?"

"给日本人带路,就是等于做了汉奸,我肯定在凤岗待不下去了,不然性命难保,会跟陈华仔的下场一样。所以我要跑路。"

"跑路,跑到哪儿去?"

"跑到苏里南我爸爸那里去。"

"苏里南在哪儿?"

"外国,很远很远的外国。"

黄狗仔"哦"了一声,问:"你是想日本人给你去苏里南的路费是不是?"

黄友一击掌,说道:"阿叔真聪明,一下就说对了。"

"这个……这个我做不了主哦!"

黄友抬脚就走:"那就算啦,本来我就不想干的。谁愿意提着脑袋去玩命呢?"

"别……别……我从我们侦探队里拿点经费给你行不?"

第八章

黄友止住脚步，斜觑着眼："真的？"

"叔什么时候骗过你？"黄狗仔扯住黄友的衣服，生怕他跑了。

"我要5块银元。"

"5块？"黄狗仔吃了惊，迭声说："太多了太多了，我给不了你那么多。"

黄友将头一扭，重重哼了一声。

黄狗仔苦着脸道："友仔，我是你阿叔才跟你这么客气，答应给你银元。如果是日本人抓你去带路，不要说银元，能保证活命就不错了。这样，我们互相体谅下，我给你3块银元怎么样？你再凑一点赶紧远走高飞。怎么样？"

黄友心里想了一下，感觉黄狗仔没说假话，故意思考了一会，装作不大情愿的样子点头道："看在你的面子上，我就答应一回吧，不过你一定要替我保密哦！"

黄狗仔一拍瘦瘦的胸脯子，唾沫飞溅地说："这个你放一百二十个心，我拿脑袋担保，绝对保密。"

两人商量妥后，便匆匆分了手，看着黄狗仔渐渐远去的背影，黄友嘴角里露出一丝轻蔑的冷笑，然后弯腰去割牛草。

听着镰刀发出轻快的"嚓嚓"声，黄友心头却有一股莫名的沉重，像压着一个秤砣，让他透不过气。

草草地打了一把牛草，黄友牵着牛慢慢往回走，当他在村头看到自己的家时，蓦然醒悟：自己的身份暴露后，日军和汉奸肯定会报复爷爷和妈妈！

想到这里，黄友额头渗出一阵细密的冷汗，他在牛屁股上抽了几鞭，一路小跑到家，家里空无一人。他的心猛地一阵收缩，大喊了几声，家里除了他的声音，空荡荡的，什么都没有。

一个念头突然像一条冰冷的黑蛇从他脑里钻出："难道是黄狗仔带人把我爷爷和妈妈抓去做人质了？"

他风一样往外冲，矮矮的门槛把他绊了一跤。他顾不上拍身上的灰尘，没命地向黄甫仁家里跑去。

黄甫仁见黄友如此慌张，以为出了什么大事，忙迎出来，问道："怎么了？"

黄友收住脚步，气喘吁吁地问："仁叔，您看见我的爷爷和妈妈了吗？"

"你爷爷去翻田了，你妈妈去山上砍柴了。你怎么跑得这么急，有事吗？"

"您是亲眼看见过我爷爷和妈妈？"

黄甫仁笑道："看你这娃，我能跟你说谎吗？没错，我是亲眼看到他们去干活的。他们路过我家门口时，还打过招呼呢！"

"这就好，刚才吓死我了。"

黄甫仁见黄友如此紧张，料必有事，便说道："进屋里说。"

黄友把自己的担心跟黄甫仁做了汇报，黄甫仁道："这事我还真疏忽了！我现在立即赶回部队，跟领导做汇报，先把你的爷爷和妈妈安排好。"

黄友心头一热,眼泪夺眶而出,张口想说什么却说不出来。黄甫仁拍了拍他的肩膀,笑道:"别放在心上,这是我们应该做的。"

夜里十点多的时候,黄友家里来了两个人,一个是黄甫仁,另外一个是陌生人,此人正是游击队的副队长何通,黄友则爬在屋外的那棵大槐树上放哨。

原来,游击队考虑到黄友家人的安全,特地上门做工作,请黄友的爷爷和妈妈迁移到别处去住一段时间,以免遭日军报复。

爷爷听完何通的话,爽快地说:"既然我家黄友仔是游击队的人,那么我们全家都是游击队的人,我们一切都听领导的。"

黄友的妈妈在旁边不停垂泪,她舍不得离开这个家,但她知道不得不离开。而这一切,都是日本人造成的。只有把日本鬼子赶走,她的家才能安生。她为儿子参加游击队打日本鬼子感到骄傲,然而她每天都提心吊胆地担心儿子。现在儿子要把日本鬼子引进游击队的伏击圈,那就是半只脚踏进了鬼门关,她的心都碎了。她一边害怕,一边又默默地理解和支持着儿子。

面对通情达理的这一家子,何通感到无限敬佩。他站起身,握着黄友爷爷的手说:"老人家,我代表游击队全体战士向您表示敬意!请您二位放心,我们一定保护好黄友,让他毫发无损地回到部队。"

爷爷笑道:"游击队个个都是英雄好汉,黄友在你们那,我们有什么不放心的?明早我们就搬走,搬得远远的,让鬼子汉奸找不着。"

何通庄重地向老人和黄友妈妈敬了个军礼,拉开门,闪身扎进了茫茫夜色中。

第九章

1

东江纵队的敌后武装斗争沉重地打击了华南日军的嚣张气焰，令其损兵折将，被日军华南方面军司令官古庄干郎视为心腹大患。1941年6月初，古庄干郎亲自下令发动"东江扫荡战"，欲一鼓作气消灭游击队主力，尤其是活跃在广九铁路沿线的抗日力量。

驻扎在樟木头的长濑中队和伪军有300多人，其主要任务是消灭何通领导的游击队。

此时廖彪已调走，何通接任队长，依然活跃在凤岗、清溪、樟木头一带。

获悉日军的情报后，东江司令员曾生考虑到何通中队力量薄弱，便从东江纵队抽调了2个中队的兵力协助何通中队，由东江纵队副司令员王作尧统一指挥。

1941年6月5日夜里，天下起瓢泼大雨，王作尧决定冒雨夜行军,从而避开敌人的侦察,于是率部队从大岭山出发,挥师前进,于次日黎明时分到达何通中队的驻地——凤岗官井头嶂厦村。

还未来得及歇口气,王作尧便召开会议,商讨作战计划。何通道:"我建议在天堂围石马岭山的坳顶仔设埋伏,打他一个伏击战。坳顶仔山高林密,山道曲折蜿蜒,下山道两旁便于隐蔽,是一个打伏击好地方。"

"你们勘察过地形吗?"

"勘察过几次了。"

王作尧不放心,又亲自带人去勘察,说道:"这里离天堂围火车站比较近,战斗打响后,火车站必然空虚,冼麟带手枪队把火车站的哨所给炸了,别给敌人留下窝子。"

回到驻地后,王作尧从各分队抽调精兵强将组成伏击队,共分6个步兵班,驳壳枪、轻机枪各1个班,自己亲自指挥,其余部队兵分两路:一路阻击平湖方向的日军,一路作为预备队,随时策应主攻部队和阻击敌人援军,同时组织民兵在敌人的必经之路埋地雷。

为了避免暴露行踪,部队于7日凌晨三点左右到达坳顶仔的伏击阵地,静静等待鬼子进入伏击圈。

但是却出现了意外。

天将拂晓时,天堂围一个老乡和一头毛驴不知怎的误入雷区,踏响了地雷,惊动了天堂围的日军。不久,即飞来一架日军的侦察机,在山头上空久久徘徊不去。

第九章

王作尧判断伏击圈已经暴露，敌人可能发现了我军的意图，并推测敌人或会取消运输行动，或会抽调主力伺机消灭我伏击部队，因此这个仗不能打了，便下令所有部队撤出伏击圈。

部队撤回到营地，何通分析道："如果敌人能够发现我们的埋伏，也应该能发现我们撤出伏击圈，那么敌人就可乘机通过，所以我们应该杀一个回马枪，打敌人个措手不及。"

天大亮后，敌人的飞机在坳顶仔扔了几颗炸弹，引爆了地雷，这更坚定了王作尧、何通等人的判断：日军一定还会走这条路。

但何通却担心起黄友的安全来。

按照预先的计划，黄友把日军引到达坳顶，待战斗打响后趁机溜走，可现在敌人发现这路上有埋伏，肯定会死死地盯住黄友，这种情势下黄友如何脱身？

何通把这个忧虑向王作尧做了汇报，王作尧当即派出一个交通员跟黄友取得联系。

黄友正着急，蓦见部队里来了人，犹如夜行人看到了灯光，说不出的欢喜。

交通员向黄友通报了部队首长的安排和部署，特别强调黄友要注意安全，黄友说："请首长们放心，我有办法脱身。"

送走交通员后，黄友遵照首长的吩咐，依计来到黄狗仔家。黄狗仔因情报不明，被日军抽了几巴掌，正在屋里怄气。见黄友来了，便不停地向他倒苦水。

黄友好不容易等他把牢骚发完，说："刚才我到圩上去，听说日本人的飞机昨天炸死了好几个游击队员，我不信，亲自跑到那里去看了看，山上还真有血迹。"

黄狗仔道："其实日本人根本没发现这里有没有游击队，只是那头驴子踩响了地雷，他们害怕，就派了飞机胡乱炸。"

黄友心里"哦"了声，明白了真相，但嘴上却说：

"你别不相信，石马岭山还真的有游击队。"

"当真？"

"我要是骗你的话，你就枪毙我！"

"你快说说看，具体是个什么情况？"

黄友故作神秘地附耳对黄狗仔说道："我沿着血迹找，结果找到他们的一个窝点。"

"一个窝点？大概有多少人？"

"当时我害怕，没来得及认真点数，但应该有四五十人。"

黄狗仔激动得一拍巴掌，说道："黄友，你这次立了大功，我会在皇军那里给你请功！"

"请功就不必了，只希望你帮我一个忙。"

"什么忙？只要我能帮得上的，一定尽力帮。"

黄友装出害怕的样子说："阿叔，打起仗来子弹不长眼，我在前面带路，游击队肯定会把我当日本人打死，我要提前一会撤出来。"

第九章

"没问题,这个我跟皇军去沟通。"

黄友拉着黄狗仔的双手使劲摇着,连声道谢。黄狗仔道:"不必客气了,我这就去跟皇军汇报,你等我消息。"

当天晚上,黄狗仔便传来信息:日军明天上午九点进山扫荡。

黄友立即把这个重要情报通过黄甫仁传给了游击队。王作尧笑道:"鬼子还真配合我们啊,那我们就用子弹好好招呼他!"于是依然按照前天部署好的作战计划把部队拉上坳顶仔进行潜伏。

天刚蒙蒙亮,山口竟出现了鬼子的队伍。王作尧看了看表,刚凌晨六半钟,比情报提供的时间整整提前了三个多小时。王作尧暗暗庆幸道:"幸亏提前埋伏了,不然就让鬼子溜过去了。"

鬼子的队伍到谷口就不动窝了,王作尧拿出望远镜仔细观察,这队鬼子大概有300人,前后各有两辆军车,中间则有一辆面包车,应该是长濑的座驾。王作尧对身边的何通道:"先把这五辆车干掉,堵死敌人!"

这时走出三个鬼子来,躬着腰,手里拿着探雷器,小心翼翼地在地上探雷,王作尧暗暗发笑,看来鬼子是被昨天的地雷吓怕了。

见没有探出地雷,长濑长长地松了一口气,但还是不放心,又让黄友在前面带路

黄友知道没埋雷,索性在地上打滚,长濑看得哈哈大

笑，伸出大拇指连声喊："哟西！中国小朋友的哟西！"

就这样，黄友走几步就打一个滚，慢慢地把鬼子引进了伏击圈。走到一个拐弯处，黄友捂着肚子叫道："太君，我要拉屎。"

长濑完全对黄友失去了戒心，挥手掩鼻道："去吧，去吧，拉得远远的，别臭着我们！"

黄友不慌不忙钻进山坡下的树林里，隐在一棵大树背后脱下外衣，折断两根树枝将衣服撑起，伪装成一个人蹲在那里，然后一溜烟滑下山沟，像只敏捷的山猫消失在厚密的灌木丛中。

王作尧看见黄友安全脱身，不禁长长松了一口气，下令做好战斗准备。

一支烟的工夫过去了，长濑见黄友还没回，心头焦躁起来，骂骂咧咧地道："这家伙，拉多大一泡屎，这么长时间！"命令一个日军，"你的，去把带路的小孩揪回来！"那日军看着山坡下密密的树林，不禁有些害怕，便对黄狗仔说："你的，跟我一起去。"

黄狗仔猜到黄友已溜之大吉，正忐忑不安，蓦听到日军叫他，吓得一阵哆嗦，险些尿了裤子，只得强定心神，战战兢兢地在前面带路，心里一边盘算着如何应付，慌乱中一脚踩空，人像一个萝卜似的滚下山坡，后边的日军吓了一跳，以为黄狗仔要逃跑，举枪要打，长濑扯开嗓子训道："别管他，先把那小鬼给抓回来！"

第九章

日军小心翼翼地地摸近那棵大树,只见一件衣裳空荡荡地支在树枝上,哪有黄友人影?不由得气急败坏地用刺刀乱捅,一边回头大声报告:"长官,那个小孩逃跑啦!"

长濑知道大事不好,慌忙命令撤退。在山上的王作尧看得真切,喊一声:"给我狠狠地打!"

按照事先的部署,游击队先是用手榴弹炸,一枚枚手榴弹像一只只带着死神的乌鸦砸在日军队伍中,顿时,震天的爆炸声此起彼伏,红红的火光挟裹着团团黑烟冲天而起,日军被炸得鬼哭狼嚎,死伤一片。

王作尧敏锐地注意到,由于山路弯曲狭窄,敌人像无头苍蝇挤成一团,为彻底封死敌军的机动空间,便下令部队分成三队,采取拦头、打中、断尾的战法,游击队火力全开,日军的五辆汽车被全部击毁,燃起熊熊大火,敌人被死死困在山坳里无法突围。

长濑完全被打蒙了,他没有料到游击队会在坳顶仔杀回马枪,等醒过神时,自己的部队已死伤过半,溃不成军。他不由得恼羞成怒,声嘶力竭地挥舞着指挥刀指挥反击,日军的几挺机枪吼叫起来,子弹"啪啪"地打在坚硬的岩石上,迸出点点火花,山坡上碗口粗的树木被拦腰打断,何通见敌人火力凶猛,带领几个战士埋伏到半山腰,几颗手榴弹扔下去,敌人的机枪彻底哑了火。

长濑见大势已去,仓皇地躲在一棵大树后面,负隅顽抗,妄想突围。

王作尧见敌已溃，下令下山歼敌，嘹亮的冲锋号声旋即像只穿云箭响彻云霄，王作尧身先士卒，率领战士们猛虎般扑下山，不可一世的长濑中队被打得哭爹叫娘。

激烈的枪声吸引了周围的群众，他们纷纷拿着锄头、扁担和木棒前来助威，爆炸声和喊杀声响彻山间。混战中，长濑被击毙，他像一只死狗四仰八叉地摊在一块大石头上。

王作尧命令部队搜索残敌，这时天空中传来敌机的嗡嗡声，原来平湖的日军听到枪炮声，遂向广州日军大本营求救，日军华南方面军司令官古庄干郎于是派出5架飞机赶来支援。王作尧见敌援军已到，只好组织军民撤退。

坳顶仔伏击战，游击队击毙击伤敌人200多人，缴获长短枪200余支、弹药辎重一大批，以至古庄干郎在广州哀叹："这是进军华南以来最丢脸的一战。"

2

凤岗天堂围火车站始建于清宣统三年（1911年）4月，是香港经广州的重要中转站，主要负责凤岗、清溪、观兰、龙华等地的粮食运输和日杂百货运输。

日军深知天堂围火车站的重要性，坳顶仔伏击战失败后，又派出一个加强排的兵力进行防卫，它像一颗毒钉钉在广九铁路上。

为保证破坏敌人交通设施的顺利实施，何通中队决定先消灭天堂围火车站的这股敌人。

天堂围火车站坐南朝背，东、西、北三面都是山峦，火车站就像一把躺椅窝在山坳里，何通中队决定充分利用地形，居高临下消灭敌人。

日寇警惕性非常高，戒备森严，何通中队掌握不到具体敌情，一时间无法下手。

黄友看在眼里，急在心里。一天中午，他找到何通队长，自告奋勇地说："队长，让我去侦察吧！"

"你去侦察？不行，这太危险了！"

"没事的队长！我假扮成小叫花，沿着铁路捡破烂捡进去。"

何通想了一想，觉得这是个办法，便和其他几位队领导商量了一下，批准了黄友的请求。

这是黄友第一次接受任务，内心既兴奋又紧张。这天夜里，他做了一个梦，梦见自己打死了一个日本鬼子，缴获了一支油光锃亮的"三八"大盖。

第二天早上，太阳刚刚爬上树梢，天堂围火车站的铁路上来了一个十三四岁的小乞丐，他佝偻着身子，一身破烂的衣裳连屁股蛋都露出来了，一头蓬乱的头发上还沾着几根稻草，脸上脏兮兮的，像几个月没有洗。他右手拿着一根黄油油的竹片，竹片的一端开了一条口子，可开可合，这使得竹片变成了一条烧火钳，小乞丐用它娴熟地挟着地上的垃圾，然后放进左手的烂麻袋里。

这个小乞丐正是乔装打扮的黄友。

黄友装着漫不经心的样子,沿着铁轨慢慢靠近了火车站,站台上竟没有一个哨兵,这令黄友喜出望外,忙一溜烟蹿过去,侧耳一听,右边的一间屋子传出叽里呱啦的人语声,于是猫起腰,蹑手蹑脚地沿着墙根摸到一扇窗户前,慢慢探出半个头,屏住呼吸朝里看:原来是一帮日本鬼子在吃早餐。

黄友仔细地数了两遍,共有33个日军,其中有两个少尉。环视屋内,没有发现枪支。黄友由此断定:日本鬼子吃饭时随身不带枪。

那敌人的枪放在哪里?黄友扫视了一周,发现南边的山崖下有间小屋,木门上锁着一把大铁锁,黄友赶紧溜过去,隔着门缝往里看,果然是一个小军火库,里面堆放着枪支和弹药。

"收获真不小!"黄友在心里默默地喊了一声,他强压住激动,像一只狸猫悄无声息地退了出来,然后一路飞奔回到根据地,向中队首长做了详细汇报。

"黄友仔,你干得真不错!"听完汇报,何通拍了拍黄友的肩膀,大声表扬道。

黄友趁机说道:"队长,你口头表扬还不行,要实际的!"

何通一脸诧异:"实际的?要什么实际的?"

"你这次要批准我参加打仗!"

"哦……哈哈……你这家伙,还跟组织讨价还价起来了！行，看你这次表现优秀，我就批准你参加消灭天堂围火车站敌人的行动。"

"谢谢队长！但我还有一个要求！"

何通和屋里的几个人对望了一眼，笑道："看看，看看，我们的黄友同志得寸进尺了！"又道，"说吧，你的要求是什么？"

"如果我从日本鬼子那里抢回一条枪，那条枪就是我的！"

"可以！"

"真的？"

"军中无戏言。"

黄友扬了扬手中的木枪，说："你们就看我假枪换真枪吧！"又迫不及待地问，"咱们什么时候行动？"

"今天凌晨四点行动，打他个措手不及！"

"为什么是这个时候？"

"因为人在这个时间睡得最死、最熟。"

马上要参加战斗了，黄友既兴奋又紧张，连衣服也未脱，躺在床上支着耳朵听鸡叫，他把那把木枪攥得紧紧的，连手心都出了汗。

鸡终于叫头遍了，黄友像听到冲锋号似的，一骨碌爬起来，提着木枪就往外冲，一边喊："集合了，集合了！"他迫不及待的样子引得屋里其他的战士笑了起来——原来大家都醒了。

何通中队借着夜色的掩护,悄悄摸进天堂围火车站,兵分两路,一路摸向敌人的宿舍,一路摸向军火库。黄友心里念着枪,于是紧跟着军火库的这一路。

军火库门口有两个日军哨兵,正抱着枪倚靠在墙上睡觉,两个游击队员悄无声息地掩上去,掏出匕首,以迅雷不及掩耳之势抹了敌人的脖子。黄友用石头砸开门上的铁锁,旋即像只豹子蹿进去,借着微弱的夜光抄起一支枪,转身就往外冲。

与此同时,另一路已摸到敌人的宿舍前,从窗户里扔进几颗手榴弹,剧烈的爆炸声把墙都炸开了,敌人死伤一片。在火光中,黄友看见两个日本鬼子像黄鼠狼似的从墙洞里钻出来,想爬到山上逃命。黄友大喊一声:"小日本,往哪里跑?""砰砰"两枪,两个鬼子应声倒地。身后的黄才见了,冲口赞扬道:"黄友,好枪法!"

这次夜袭,天堂围火车站一个班的日本鬼子被全部消灭,还缴获了一批武器弹药和粮食等军需品。

黄友背着那支缴获来的"三八"大盖,兴高采烈地找到何通,说:"队长,这支枪归我了,你可得说话算数哟!"

何通笑道:"行,这支枪就奖给你了吧!"

黄友啪地立正敬了个军礼,大声道:"谢谢队长!"

"你还记得我的话吗?"

"记得!枪是战士的第二生命,我将用生命保护它!"

第九章

3

日军得知天堂围火车站被偷袭后，不由得恼羞成怒，派出一个大队的兵力到处寻找何通中队的主力进行决战。面对敌强我弱的形势，何通中队采取灵活机动的游击战术，使敌疲于应付。

为摸清游击队的藏身之地，日军找来密探队队长陈华仔，要他刺探游击队的情报。

陈华仔是天堂围村人，开着一个小商铺，成天笑眯眯的，长得一脸斯文，却诡计多端，阴险毒辣，人称"笑面虎"。日军侵占凤岗后，他委身投敌，成为一名汉奸。他依靠日军的势力，到处勒索群众，坑蒙拐骗，无恶不作。

这天下午，陈华仔又带着几十个日军到竹尾田村搜刮粮食。待进到村里，却见家家户户大门紧闭，原来村民们发现鬼子进村，全躲到山里去了。

陈华仔见村里空无一人，不由得气急败坏，恶狠狠地对日本军官说："太君，这个村子的人大大的坏，要刺啦刺啦的！"日本军官一竖大拇指："哟西！"一挥手，"抢粮的干活！"日军个个像瓶中放出的魔鬼，哇哇地冲向村民家里，翻箱倒柜，但粮食早被百姓藏了起来，日本军官见找不到粮食，气得三尸神暴跳，疯狗一样地嚎叫道："八嘎，把房子给我烧了！"

民房多是土舍和草屋，日军拿着火把一个一个将草屋点燃,霎时间浓烟滚滚,烈火熊熊,整个竹尾田村陷在了火海中,把半边天都映红了,鬼子们对着冲天大火哈哈大笑,一张张鬼脸在火光的照映下显得格外狰狞和邪恶。

乡亲们看着自己的房子被烧,无不双眼血红,欲上前拼命,可手无寸铁,只得含泪把仇恨往肚子里咽。

陈华仔见放火也逼不出村民,越发恼羞成怒,找来一截烧黑的木棒,在一垛残垣上恶狠狠地写下一条标语:

"七天之内不交出粮食,抢光!烧光!!杀光!!!"

日军和汉奸的暴行激起了群众的无比仇恨,一个青年跑到山里找到游击队,控诉日军、汉奸的罪行,请求早日消灭陈华仔。

何通先是安慰了老乡一番,最后说道:"老乡你放心,我们一定会消灭陈华仔这个汉奸!"

但陈华仔非常狡猾,他知道自己恶贯满盈,怕人报复,更害怕游击队消灭他,所以很少待在自己家里过夜。

为了摸准敌情,何通派黄友去天堂围侦察。

陈华仔有一个邻居叫谢高亮,跟黄友家走得比较近。黄友叫谢高亮做"阿叔",这天夜里,黄友装作走亲戚悄悄住进了谢高亮的家里。

一连过去两三天,仍不见陈华仔身影,他店铺的生意,全是他老婆在打理。黄友有些气馁,却又毫无办法。谢高亮安慰道:"明天是赶集的日子,按惯例,陈华仔会回来的!"

黄友赶紧报把这个重要情报向何通做了汇报。

第九章

当天夜里,何通带了一个班潜入谢高亮家,隐蔽起来。

每逢三、六、九赶集日,日本鬼子便到集上抢夺财物,然后在谢高亮家里歇脚,喝酒吃饭。

第二天早上,黄友挎起一个竹篮去圩上赶集。他在圩上转了几圈,但没发现陈华仔。正狐疑间,突见圩上的人像遇见瘟神一般的纷纷逃窜,有人喊道:

"小日本鬼子又来扫荡了!"

黄友定睛一看,果见陈华仔带着三四个日本兵横冲直撞地从圩东头过来,他们的刺刀上挑着抢来的鸡鸭,一晃一晃地在空中扑腾。

黄友在地上捡了几笼白菜装进菜篮子里,不远不近地跟在鬼子后面。只听陈华仔说道:"太君,我老婆在家里做饭,等下回去大鱼大肉的米西!"一个尖嘴猴腮的日军拍了拍陈华仔的肩膀,笑道:"你的老婆,陪酒的干活!"陈华仔鸡啄米似的连连点头,谀笑道:"那是自然,必须的!"

黄友在后面听得真切,赶忙回到谢高亮家里,将这个消息做了汇报。何通兴奋地一拍巴掌,说道:"陈华仔这个狗汉奸的末日到了!"

何通安排谢高亮到外面假装劈柴监视情况。大概九点钟,谢高亮隔着院墙看见陈华仔和几个日军歪歪斜斜地进了屋,陈华仔的老婆正在厨房杀鸡宰鹅准备午饭。谢高亮见机搭口道:

"阿嫂,要我帮忙不?"

陈华仔老婆朝谢高亮凄然摇了摇头,还未开口说话,却先啜泣起来。谢高亮走过去,低声道:"阿嫂,乡亲们都知道你跟阿华不是一路人。"一边睃眼往屋里看,发现陈华仔和三个日本鬼子正在柜台后面清理抢来的财物。

陈华仔的老婆听到谢高亮这么说,心里一暖,眼泪更是哗哗地往下掉。她怕日军发现谢志亮,便说道:"你快回去吧,这帮天杀的发现你了又不知会干出什么伤天害理的事来。"

谢高亮装作害怕的样子,慌忙跑进自己的家里。何通问道:"什么情况?"

谢高亮激动地道:"陈华仔和日本鬼子正在分东西,没有一点防备。"

何通一挥手:"行动!"

谢高亮一把拉住何通,叮嘱说:"陈华仔老婆是个好人,不要误伤了她!"

何通拍了拍谢高亮肩膀,郑重地说道:"放心吧,我们游击队从来不滥杀无辜!"

陈华仔老婆看见几个拿枪的人冲过来,顿时什么都明白了。她放下手上的活计,面色苍白地说:"不要打烂我家的东西。"一低头,掩面顺着门前的那条土路疾奔而去。

何通带着战士冲进陈华仔的家,见三个日军正跷着二郎腿坐在凳子上抽烟,还没反应过来发生了什么事情,三个鬼子就横尸在游击队员的枪口下。陈华仔正蹲在柜台下面分东西，听得枪响，刚要站起，被何通一脚踹倒在地。陈华仔倒也利索，就地一滚，顺势掏出手枪，胡乱向何通开了两枪，却没打中。何通向陈华仔的背上打了一枪，陈华仔扑倒在地，挣扎着爬起来向碉楼跑去，何通和战士们紧追不舍，陈华仔仍然负隅顽抗，边跑边还击，跑到碉楼入口处，迫不及待地转身关门，何通从身边一个战士手里拿过一挺机枪，对着门缝打了一梭子，陈华仔惨叫一声，随即像一截枯木栽倒在碉楼的门槛上。

虽然除掉了汉奸陈华仔，但土匪汉奸势力依然很猖獗。

有一天晚上，两位领导机关的同志来了，与中共山厦村支部接头后便离去了。

谁料想第二天拂晓，驻平湖的一小队鬼子便由一个外号"肥仔林"的引路，突然闯进山厦围搜查游击队，好在人员早已撤离，鬼子最后一无所获，抢了几只鸡鸭悻悻离去。

此事引起了东纵领导机关的重视，经周密的侦察发现，烟鬼"白鼻寿"多次鬼鬼祟祟地同肥仔林接头。

这肥仔林和白鼻寿经常在平湖四周乡间流窜，刺探我抗日人员、群众的活动情报。

何通队决定再次除奸。

一天晚上，游击队员暗地里跟踪白鼻寿，当他从一家餐馆醉醺醺出来往家走的时候将他抓获。肥仔林得知后，吓得龟缩在平湖圩内的家里，轻易不敢出门。

肥仔林的家就在被鬼子占为营房的纪劬劳学校斜对面，鬼子营房正门的岗哨可以看见他的宅子。而且鬼子的巡逻队经常在纪劬劳学校、念妇贤医院,以及火车站一带的街道上来回走动。游击队员侦察到他的卧室在两层的阁楼上,楼顶的瓦面有个活天窗,屋侧有几棵老榕树,有树枝延伸到瓦顶上……于是,游击队趁着一个狂风大雨的深夜,利用榕树的横枝从瓦顶活天窗进入肥仔林的卧室,将其处决。

第十章

1

游击队灭敌除奸的一系列胜利极大鼓舞了凤岗人民的士气，青年男子踊跃报名参军，何通中队迅速壮大起来。

为了更好地训练新兵，部队因地制宜展开了各项军事训练。但部队的子弹太过珍贵，无法进行实弹射击训练。黄友向何通建议道："我们小鬼班可以让新兵练习打弹弓！"

何通听得连连点头，摸着黄友的脑袋说："这个主意好！但打枪与打弹弓还是有很大不同，训练时你们要区别开来。"黄友连连点头，脆声说道："这个我知道！但打弹弓能练眼力，弹弓打得好，枪法就差不到哪儿去！"

黄友五六岁起就玩弹弓，弹无虚发，是村里有名的"弹弓王"，不过迫于生计，他有好几年没摸过弹弓了，想不到参军到部队竟然又"重操旧业"，这令他十分兴奋，仿佛又回到了天真烂漫的童真时代，带领他的小伙伴像风一样在山中唿哨。

打弹弓,先得制作弹弓,这可难不倒黄友,他带着小战友们在山上找到一些Y形树枝丫,砍下来,去皮,在两根枝丫的顶部各刻一条浅槽,将两根皮筋用细麻丝牢牢地绑在枝丫上,然后将两条皮筋齐齐切断,再贯穿上一块大一点的皮兜,这样一把简易的弹弓就制作成功了。

黄友把崭新的弹弓别在腰上,别提有多神气,仿佛腰间挂的不是弹弓,而是系着红飘带的驳壳枪。

岭南的山峦一年四季都是郁郁葱葱,风景如画。黄友带着战友们来到一座比较平缓的山坡上,说:"就在这里练吧!"一名战士在下面笑着喊道:"黄友,你打两弓给我们看看,别光说不练。"

"冇问题!"黄友调皮地用白话说了一句,逗得众人哈哈大笑。

在大伙的笑声中,只见黄友从腰里取下弹弓,左腿后退半步,将身体右侧,站成丁字步,虎口紧握弹弓,手臂微弯平行伸出,与弹弓平行,左手将一颗石子放进皮兜,然后拇指和食指紧紧夹住皮兜向后平拉,然后将左手拇指贴在自己的左鼻翼尖处,眯上左眼,通过皮兜瞄准远处的一根约鸡蛋粗细的小树,手一松,说时迟,那时快,只听嗖的一声,石子像箭矢一样飞出,准确地射在树干上,砰的一声脆响,将树干打出一个浅浅的白印来。众人见了,齐声叫好。

黄友微微一笑,说:"打弹弓分竖瞄和横瞄两种方式,刚才我练的是竖瞄,还有一种横瞄。简单点说,竖瞄就是弹弓架子是竖直的，横瞄弹弓架子是横摆着的。横瞄的身形、步、站和拉弓姿势、瞄准姿势、动作要领都跟竖瞄是一样的，没有多大的区别，现在大家慢慢体会吧。"

其实队员们大多数小时候都玩过弹弓，正因为是玩，所以没刻意练过，现在居然要练弹弓去打敌人了，这不由得使他们回忆起儿时快乐的时光，个个士气高涨，练中玩，玩中练，训练得不亦乐乎。

2

不知不觉中，太阳已经滑到了西山边，远处的山岚外，升起袅袅的炊烟，它随风上升，泅进夕阳金黄的余晖里，然后像水一样漫开来，将天边涂上一层淡淡的靛青色。黄友见天色已晚，便吩咐队员按原路回营地，自己则和一个叫尹林的战友从一条荒径回去。尹林见状不解地问："天都快黑了，干吗还走这条路呢？"黄友拍了下他的肩膀，说："我们要熟悉山里的每一条路，说不定哪一天打仗用得上。"尹林赞许地点点头，说道："你真是个有心人。"

黄友在地上捡起一根树枝，拍扫着前面的荆棘，一边说："山上蛇多，我们用棍子扫，这叫'打草惊蛇'。"尹林听说，也捡起一根树枝学黄友开路。

山路崎岖，灌木丛生，黄友两人手脚并用，不一会身上便被划出条条血痕来。

走了大约半里路，尹林喘息着说："我们休息下吧。"

这时他们已至半山腰，暮色越来越重。黄友倚在一棵碗口粗的松树上，嘴里嚼着一根青草，眼神有些茫然。他想起了在牙买加谋生的爸爸，不知他什么时候能够回来？在隔壁的黄洞村，就有一家姓蔡的人在海外发了财，寄钱回来建了一座6层高的碉楼，名气可大了。最要紧的是，那碉楼可以防日本鬼子，人们躲在里面，日本鬼子就是用迫击炮都打不穿。黄友渴望父亲也寄钱回来建一座碉楼，给乡亲们避难用。

想到日本鬼子，黄友不由得恨恨地吐了一口唾沫，眼里喷出仇恨的火花来，心中暗暗发誓："一定要把敌人赶出凤岗！赶出中国！"

突然，一声极轻微的呻吟传进黄友的耳鼓。黄友凝神一听，却又没有了。尹林见状问道："黄友，你在听什么呢？"

"刚才好像有人在呻吟。"

"开什么玩笑，这半山腰里哪里有人！"

"我是真听到了。"黄友认真地说。

尹林笑起来，装作害怕的样子说："莫非是鬼？"身体朝后仰去，突然"哎哟"一声尖叫，跌进了一个山洞。

这个山洞非常隐秘，洞口完全被灌木和藤蔓遮得严严实实，哪怕近在咫尺也无法发现，想不到被尹林无意间撞开。

黄友猝不及防，根本来不及拉尹林，他三步并走两步蹿过去，朝洞里焦急地喊道："尹林！尹林！"

第十章

"我在这里。"洞里传出尹林的声音。

山洞的洞口很小,仅比成人的身材稍宽一点,如果不是尹林坐着后仰,根本跌不进去。

黄友手足并用扒开洞口的灌木,趴下身子往洞里爬去。山洞的通道很狭窄,也很黑,只能靠着洞口的光照亮入口处的那一小截路,他看到尹林蜷缩着身体躺在洞里,身上似乎没有伤,不由得松了一口气。突然,他的心一紧:在若明若暗的洞口深处,似乎还有一个身影。

"难道是狼?"黄友顿感汗毛倒竖。

黄友深吸一口气,凝目朝那团黑影看去,那黑影的双眼没发出绿莹莹的光来,初步判断不是猛兽之类的动物,狂跳的心这才稍稍安稳下来,但还是感觉到不安全,忙把尹林从洞里拉了出来。

尹林惊魂未定,躺在山坡上直喘粗气。黄友见他额头鼓起一个鸡蛋大小的包,用手轻轻按了按,关切地问:"很痛吧?"

尹林微微笑了笑,说:"没事。"一边缓缓站了起来,一边揉着后腰说,"想不到这里有个山洞。"

"你没发现山洞里有其他人吗?"黄友问。

"我魂都快吓没了,谁还注意这些?"

"山洞里确实还有其他东西。"

尹林见黄友说得斩钉截铁,不由得不信,复返回到山洞口,朝里面"喂"了一声,但除了嗡嗡的回音外,并无声息，他回过头，狐疑地望着黄友。黄友道："我钻进去看看。"尹林吃惊地道："你不要命了？"

"要是洞里有猛兽，你早就没命了。"

尹林一想也有道理，但还是不放心，叮嘱道："你小心点。"

黄友点点头，捡起一粒小石子丢进洞里，没什么动静。

黄友弯腰拾起一块饭碗大小的石块攥在右手里，以防万一。然后蜷曲起身子钻进洞里，也许是因为过于紧张，他心中竟感觉不到一丝恐惧。

越往里爬，洞里越黑，阴森潮湿的气息愈浓，黄友感觉有些呼吸不顺，不由得咳了几声。突然，从黑暗深处又传来一声呻吟。

有人！

黄友激动起来，身子像泥鳅拱洞似的加快了速度，在洞里一个拐弯处，他触碰到一个柔软的身体。

果然是人！

黄友像发现新大陆似的兴奋不已，急切地呼唤了几声，但那个人没有回音。"难道……？"黄友的心一抽，仿佛被蜜蜂蜇了一下。他伸出手，颤抖着探到那人的鼻子底下，发现还有微弱的气息，这令他喜出望外，忙搭起手臂想拖他出去，可是洞里直不起腰，无法发力，根本拖不动。黄友急中生智，回头朝洞外喊道："尹林，里面有个人，你弄一根树藤扔进来，我们合力把他拖出去。"

第十章

尹林在外面吃了一惊,大声道:"还真有人呀?是活的还是死的?"

"别那么多废话,赶紧去弄树藤。"

不一会尹林便扔进一根树藤,黄友将它系在那人的两只胳膊下,然后朝尹林喊:"我喊一二三,咱们一起发力。"

黄友尹林两人合力把这人拉出洞,定睛看时,发现是个男孩,年纪跟自己差不多,但留着一头长长的卷发,长长的睫毛搭在眼帘上,整个人瘦得皮包骨,好像一阵风都能刮跑。

"他……他到底是男是女?怎么还留着卷头发?"尹林第一次看见卷头发的人,感觉稀奇极了。

黄友也颇感纳闷,这个人不仅是卷头发,鼻梁也挺高的,不像一个中国人。但肤色又是黄的,跟中国人差不多。

这时尹林取下身上的水壶,慢慢地给他喂了几口水。不一会儿,这少年缓缓清醒过来,微微地睁开眼睛,嘴角无力地漾出一抹笑来,声音极其微弱地说:"谢谢你们!"

"你休息,不要多说话。"黄友说,一边抬头看了看天,又道,"天快黑了,我们先把你背下山吧!"

少年点点头,自我介绍道:"我……叫李查理,油甘埔村的。"

尹林凑过来道:"你是我们凤岗的,但你长得为什么不跟我们一样?"

李查理微微一笑,说:"我是个混血儿,妈妈是外国人,1928年出生在牙买加,我还有一个名字,叫李查尔。"

"那……你怎么躲到山里来了呢？"

李查理沉默了，泪水突然夺眶而出。黄友和尹林对视了一眼，问："你怎么了？"

"我……我是从清溪的姨奶奶家逃出来的。昨天，日本鬼子把我姨奶奶的家烧光了，姨奶奶也被鬼子残杀了，我在山上砍柴才躲过一劫。"

"你是翻山从清溪过来的？"

"是的。听说凤岗这边有游击队，我是过来找游击队的。可天黑山陡，我摔了几跤，又累又饿，最后发现了这个山洞，就躲进里面藏了起来，谁知竟晕过去了。"

黄友尹林听完李查理的话，互相会心地一笑，说："算你运气好，我们就是东江游击队的战士。"

"真的？"李查理双眼发光地说。

黄友把胸脯一挺，自豪地说："如假包换！"

"真是'踏破铁鞋无觅处，得来全不费工夫'。"李查理咧开嘴呵呵笑了。

"欢迎你加入我们的队伍！"黄友紧紧握住李查理的手，真诚地说，然后和尹林一人一边架着他的一条胳膊，蹒跚地朝营地走去……

3

李查理的父亲是凤岗镇油甘埔村虾公潭人，清末民初，他远渡重洋到牙买加谋生，与当地的一个妇女结婚成家，并生下了几个混血儿，其中有两个男孩，哥哥李阿不，生于1920年，弟弟叫李查尔（又名李查理），生于1929年。李查理的父亲深知老家的爷爷奶奶盼孙心切，在李查理4岁时，便特地把他兄弟俩送回油甘埔，让老家的亲人抚养。

李阿不回祖籍时已年满13岁，加之在牙买加读过几年书，所以其见识远超同年的小伙伴，面对故国的山河破碎和日寇的烧杀抢掠，李阿不开始参加抗日救国革命活动，为了遮人耳目，他给自己取了一个地地道道的中国名字：李伟光。

李伟光的祖籍地油甘埔村位于凤岗镇东南部，东与官井头村毗邻，东南与深圳市龙岗区交界，南与雁田村相邻，西南与塘沥村相接，北与凤德岭村接壤。油甘埔立村最早的是宋末元初入居南岸自然村的刘姓，已有近700年历史，后张、阮、江、李、黄、赖等姓于清朝初年相继迁入，其四周环山，东有鹰山、南有老虎山、西为对面山、北是狮岭，中间属平坦地带，呈小盆地之状。这4座小山中，较有名气的是老虎山，海拔132米，因山形酷似卧虎而得此名。村境内最高的山为"鹰嘴山"，海拔187米。其余山岭都在海拔100米左右。

李伟光作战勇敢，足智多谋，1942年加入了地下党组织，不久又被任命为虾公潭村抗日民主村村长，后来又被调到东江纵队总部做英文情报的翻译工作。

李查理在哥哥的影响下，幼小的心灵早早就埋下了革命的火种。目睹哥哥的进步后，更笃定了他参加革命的信念，希望有一天像哥哥一样，做一名光荣的东纵战士，上阵杀敌，保家卫国。

他自小就听说家乡一带有东江纵队在活动，但东江纵队如神龙见首不见尾，他怎么也找不到。

这年夏天，满山的荔枝在几阵阵雨后悄悄成熟了。在清溪的姨奶奶请人捎过话来，让李查理去看几天家。

李查理知道，姨奶奶让她去看家只是一个借口，其实是姨奶奶想他了。

这天早上，李查理跟爷爷、奶奶道了别，便抄山路去姨奶奶的家。他之所以走山路，是想碰碰运气，搜寻东江纵队的踪迹。凤岗虽没有什么高山峻岭，但也山峦起伏，游击队藏在山里面，就像绣花针掉进大海里一样，谁也捞不着。

姨奶奶家在清溪的三中，紧邻凤岗的浸校塘。李查理在山中转了一圈，甭说游击队，就连一个人影也没见着。

李查理有些扫兴，他不知什么时候能见到游击队。看看日头已上山尖，只好无精打采地朝三中方向走去。

远远地，他看见了姨奶奶的家。

姨奶奶的房子是用黄泥土垒起来的，看上去就像一个低矮的小山包，而村里其他的房子，则像被风吹散的积木，错落无章地散落在一个小山坳里。所有的屋顶都铺着稻草，腐烂的地方又补上了新草，像搭了一个个疤似的，所以每个屋顶都黄黑交叉，像患了皮肤病似的斑驳狼藉。

姨奶奶低矮的屋檐下躺着一只黄狗，它看见李查理，风一样跑过来,兴奋地围着李查理嗅个不停,那长长的尾巴摇出花来。

姨奶奶的门半掩着,屋内空无一人。李查理看了看黄狗,黄狗咬住他的裤脚扯了一下,然后小跑着在前面引路。

姨奶奶在山上锄草,锃亮的阳光像一块坚硬沉重的钢板压在她身上,使得她瘦弱的身子佝偻得像一只老虾,花白的头发几乎快垂到了地上。

李查理心里一阵发酸,忙跑上去叫了声奶奶。姨奶奶喜出望外,扔下手中的锄头,一把抱住查理,脸上乐开了花,笑眯眯地说:"我孙子看我来啦!"紧接着又说,"不干活了,回家做饭给我乖孙子吃去。"

山路有些陡峭,姨奶奶又裹着一双小脚,李查理怕她摔着,便一路搀扶下来。

在下山途中,李查理看到几处新坟,感到有几分心瘆,便问:"奶奶,这坟是怎么回事?上次我来都还没有。"

姨奶奶长长地叹了口气,说:"还不是日本鬼子造的孽!前不久,鬼子来我们村里烧杀抢掠,这几个坟就是那天被杀的几个乡亲的。"

李查理听了,双眼喷出火来,恨恨地说:"我一定要给乡亲们报仇!"

姨奶奶轻轻拍了拍李查理的肩,道:"你赤手空拳的,怎么报仇?想报仇呀,得参加东江游击队!"

李查理双眼放光,放连珠炮似的问:"奶奶您也知道东江游击队？您认识他们吗？我要参加游击队。"

姨奶奶笑道："东江纵队谁不知道？可我这个糟老婆子上哪去认识他们哟！"

李查理失望地垂下了头。这时姨奶奶又道："上次日本鬼子来，就是逼我们交出东江纵队。甭说我们不知道，就是知道我们也不会说。"

"所以日本鬼子就杀害乡亲？"

姨奶奶的眼泪夺眶而出，说："这日本鬼子比狼还要凶残呀！这几个乡亲，是被刺刀活活捅死的！"

回到村子里，李查理发现，不少地方还残留着敌人烧杀抢掠的痕迹，这更加坚定了他要尽快找到东江纵队的决心，以早日为死去的乡亲报仇雪恨！

不知不觉，李查理在姨奶奶家玩了三四天。

这天下午，李查理上山打猪草，姨奶奶则在侍弄门前那块菜园子。

李查理背着竹篓在山上转悠，山中浓荫蔽日，百鸟啁啾，但李查理根本没心思听这悦耳的歌声，他在密密地树林中搜寻东江游击队的踪迹。

突然，从山下传来几声清脆的枪声，划破了午后的宁静。李查理停下脚步，紧张地竖起耳朵细听：枪声是从姨奶奶的村子方向传来的！

他的心一紧，仿佛被什么东西猛扯了一下，随之像一只受惊的兔子飞奔起来，棘条划破了他的皮肤，树干磕伤了他的膝盖，可他一点也不知道疼痛，好像全身都麻木了。这时他脑海里只有一个念头：救姨奶奶！

他刚跑出山头，便见山下浓烟滚滚，姨奶奶那个村子已淹没在熊熊烈火中，一百多个土黄色的鬼影站在一边对着火光指指点点，李查理知道，这些穿着土黄军装的影子正是万恶的日本强盗！

跨过一条小溪时，他摔了一跤，清凉的溪水浇醒了他：如果此时贸然冲下去，不但救不了姨奶奶，还会白白搭上自己这条小命！

"奶——奶——！"李查理对着山下撕心裂肺地喊了一声，双膝一软，跪在地上大哭起来……

不知过去了多长时间，当李查理在悲伤愤怒中抬起头时，那些日本鬼子业已撤退，有村民在忙着救人、灭火。

李查理飞奔下山，直扑姨奶奶的菜园子。

姨奶奶的草房子已化为灰烬，只有几根木柱子还在不断地冒着黑烟。而姨奶奶也躺在了血泊中，鲜血将身下的一片土地都染红了。

李查理双腿一软，瘫倒在地。

不知不觉天已黄昏，暮色中的小村庄还陷在巨大的悲痛中，没有人留意到李查理的存在。

李查理拿起姨奶奶身边的那把锄头，锄头把上有血，黏糊糊的，他知道这是姨奶奶的血，于是他的眼泪又不可遏止地像雨水一样冲下来。他一边哭，一边刨土把姨奶奶埋了。

天不知不觉黑了，空气中飘着浓浓的焦糊味和血腥味，凄凉的哭声像死神的皮鞭在村庄里飞舞，抽得人人支离破碎。

掩埋好奶奶后，李查理想起了大黄狗，忙起身去找，一边叫："阿黄！阿黄！"没有动静，也不知阿黄是死了还是逃了。

看着满地废墟，李查理的眼泪被怒火烧干了，他毅然转身朝山上走去，他下了铁一样的决心：如果找不到东江游击队，就不回家！

天完全黑了，天上升起一阕残月，李查理借着微弱的月光在山中穿行。他没有目标，只知道往深山里走，他相信游击队一定藏在大山深处。有时他也会停下来张望，在漆黑的树林里寻找灯火——如果有，那一定就是游击队的营地，但是每一次都是失望，但他毫不气馁，他坚信游击队就在前面不远处等着他。

但是他的肚子却"咕咕"地造起反来，身体像抽干的血似的没一点力气，双腿一阵阵发软，每走出一步都是那么吃力和艰难。

好不容易挨到一个斜山坡，李查理再也撑不住，一屁股坐在地上，当他的背往后靠时，却靠了一个空，险些一个倒栽葱栽进去，他吓得一个激灵，条件反射地往前挪了挪，转过身，捡起一根树枝拨开坡上的藤蔓，朝里捅了捅，探不到底，不由得心中大奇，于是上前用手去探，却发现是个山洞。

第十章

　　李查理大喜，心想不如就在这个洞里休息一晚，待天亮了再去找游击队。但他怕洞里有野兽或蛇虫之类的东西，于是捡起几块石头扔了进去，洞内没有什么异响，他这才放心，于是慢慢地爬进去，再把洞口的藤蔓复原遮掩好，这才往深处爬，待爬到一个拐弯处时，他停下来，倦意顿时像海水一样淹过来，他双眼一合，坠入无边的黑暗中……

第十一章

1

随着李查理的加入,此时何通中队已有五名小战士,他们分别是黄友、傅天聪、尹林、赖志强,他们的平均年龄只有十四岁,最大的不满十七岁,最小的才十二岁。

面对这五个未成年的少年儿童,中队长何通有些犯难,虽然部队大多时候会照顾他们,一般不会让他们参与一线作战。然而,战争是十分残酷的,战场形势瞬息万变,由不得人。

何通跟中队其他领导商量了一下,决定把这五个孩子编成一个班,亲切地叫做小鬼班,由黄友代理班长,由于情况特殊,小鬼班直接受何通领导。

面对这些未成年的孩子,何通深感责任重大,他首要的任务是保护好这些孩子,让他们活下去,因为他知道,他们当中有的人已经是家里唯一的血脉了,他必须给这些家庭留下苗子。万一出现什么三长两短,他无法面对这些孩子已死去的亲人。

正是因为有了这种想法,所以何通只安排一些后勤工作让小鬼班去做,比如上山打柴、挑水做饭什么的,最危险的也只是白天站岗防哨,至于战斗任务,一律不予安排。

这引起了小鬼班的强烈不满。

一天早上,部队出完早操回到营地,何通刚要宣布解散,只见黄友在队列一个立正,响亮地打了一声"报告"。

何通心想这小鬼还是忍不住了,但明知故问:"什么事?"

"报告队长,小鬼班要上阵杀敌!"

"对,我们小鬼班要上阵杀敌!"李查理等人齐声附和道。

"搞好后勤工作也是杀敌!"

黄友道:"鬼子杀了我们的亲人,我们一定要上前线报仇。刺刀见血最英雄,杀敌立功最光荣,躲在后面搞后勤工作算什么好汉!"

何通批评道:"谁说搞后勤工作就不算英雄好汉了?兵马未动,粮草先行,没有好的后勤工作,战士们吃不饱、穿不暖,怎么打敌人?"

黄友嘟起嘴,说:"我不管这些,反正我们小鬼班要上前线!"

何通提高声音道:"黄友同志,你现在不是一个乡里的娃娃了,而是一个革命战士!军人以服从命令为天职,你听从上级的命令了吗?你这个态度,怎么带好小鬼班?"

黄友听了,眼泪直在眼眶里打转转,李查理等其他几个人也羞愧地低下了头,虽然心里还是不服气,但也不敢犟嘴了。

吃过早饭后,黄友把小鬼班的人召集到一起,商量道:"指望我们名正言顺地上前线不大可能。但打仗就是打仗,突发事件多,所以只要我们跟着部队,就一定有仗打!"

大伙听黄友这么一说,那精气神立刻就提了起来,七嘴八舌地议论开来。黄友强调道:"在战场上我们千万不能乱来,要一切行动听指挥,这样才能打胜仗!"

傅天聪接声道:"黄友说得没错,一切行动听指挥!何队长在我们听何队长的,何队长不在我们就听黄友的,我们不能各自主张,乱打一气。"

也许是小鬼班旺盛的斗志"感动"了敌人,1942年11月中旬,国民党军187师保八团的两个支队欲到清溪、凤岗一带"围剿"何通中队。

此时何通中队正在官井头营地休整。接到情报后,何通立即部署战斗,同时将情况向上级汇报。上级指示何通:避开敌人锋芒,在其撤退途中伏击敌人。

何通接到上级指示,高兴地一拍大腿,说:"这招太妙了!敌众我寡,我们硬拼就有可能会吃亏。《孙子兵法》说:'故善用兵者,避其锐气,击其惰归',好得很!"

战士们特别痛恨投靠日本认贼作父的二狗子们,这些二狗

第十一章

子专门干一些亲者痛、仇者快的事。由于他们熟悉环境,其危害有时甚至比日本瓜鬼子还要大。

伪军也深知游击队的厉害,他们绕过官井头,直扑南门山深处的南门山村。他们的如意算盘是:沿途洗劫几个村子,避免与游击队交火,做做样子,放几下空枪便撤回。

得知有仗要打,小鬼班的战士们异常兴奋,个个摩拳擦掌,黄友更是按捺不住,找到何通请战。何通脸一沉,命令道:"不行,你们不许参加战斗!"

黄友眼睛滴溜溜地一转,便有了主意,拉着何通的手摇道:"我们不参加战斗,跟在你们屁股后面总行了吧?我们要学习你们打仗的经验,这样才能成长。"

何通知道拗不过他,只好下达命令:"你们小鬼班至少要与大部队保持二百米的距离,如果战斗打响,你们要迅速埋伏起来,坚决不许参加战斗。"

黄友将胸脯子一挺,大声答道:"是!"

回到小鬼班,黄友召集大家一起商量。尹林气咻咻地说:"让我们跟在大部队后面闻屁呀?没劲!"

黄友笑道:"不要灰心丧气,大部队在前面打大鱼,我们就在后面捡小鱼。你们想一想:战斗一打响,二鬼子肯定满山跑,那就该我们捡漏喽!"

傅天聪轻轻敲了下黄友的脑袋,笑道:"还是你的想法多!"

但站在一旁的李查理却苦笑了,说:"我们手里只有木头枪，难道用这个去杀敌人呀？"

"就是呀！"其他几人附和道。

"大家不用急，"黄友慢条斯理地说，"这事我早就想好了。山上多的是竹子，我们挑几根虎口粗细的，把一头削尖，就成一杆梭镖了。同时我们还可以用竹子做几把弓箭，远射近捅，保管叫敌人有来无回！"

大伙听了，都夸黄友主意多。

黄友继续说："我们没有枪，那就只有从敌人手里抢。但敌人都是成年人，我们单打独斗肯定打不过，那我们就两个打一个。现在我来分组：我和李查理一组，傅天聪和尹林一组，赖志强负责支援——哪一组不行了就支援谁！"

分好组后，黄友又带领小鬼班去山上砍竹子做武器，他们每个人心里都有一个强烈的愿望：从敌人手里夺到真枪！

为了不惊动敌人，次日凌晨鸡叫第三遍时，队伍就从官井头营地向南门山村悄悄出发了。

南门山村位于凤岗镇黄洞村东北部，南连嶂厦，北接上寮，东镶龙岗，它像一个马蹄窝在山坳里，四周都是起伏不断的高山，林密草长，沟壑纵横，其中只有两条小路连接外面：一条是经黄洞水库北上，可直达塘沥圩；另一条则是向东横穿白玉山，经嶂厦到龙岗。

何通判断汪匪军会从嶂厦这条路进犯南门山，于是决定在嶂厦村与南门山村的中间地带布一个口袋阵，这里两边都是大山，山路逼仄，且呈"S"形，是一处打伏击的好地方。

第十一章

部队埋伏好后,天边刚刚露出鱼肚白。但战士们不敢有半点急慢,个个凝神屏气地瞅着嶂厦方向,只等瓮中捉鳖。

黄友的小鬼班被安排埋伏在部队主力后面约300米远的地方。何通的意思很明确:不让小鬼班直接参加战斗!

黄友等人心里虽然不服气,但军令如山,谁也不敢轻举妄动,只好乖乖地待着,同时一边暗暗祈祷能抓几个漏网之鱼!

太阳有一树高了,南门山村升起了袅袅的炊烟。这时,一阵密集的枪声划破了山中的宁静,前方与敌人交火了!

黄友一跃而起,跑到一个山头焦急地向嶂厦方向张望,但什么也看不到。

李查理急了,说:"黄友,前面打得这么热闹,我们总不能坐在这里喝西北风呀!"

黄友也实在熬不住了,便把手一挥,说道:"那我们前出二百米。"

李查理提醒道:"你不服从何队长的命令了吗?"

黄友道:"顾不得那么多了!只要能消灭敌人,其他的事我来担着!"

于是小鬼班在黄友的带领下,悄悄地穿过一座山头,埋伏在何通中队的左后侧。

这帮伪军做梦都没想到会钻进游击队的口袋阵,交战没多大一会儿便溃不成军,像野鸭子般四处逃窜,其中有两个匪兵慌不择路地朝黄友他们埋伏的地方逃来,丢盔卸甲,连枪都扔了。

黄友和尹林交换了一个眼色,等这两个匪兵走过去,突然从背后猛扑,黄友眼疾手快,一刺刀捅下去,只听匪兵惨叫一声,顿时血流如注,死在地上。另外一个匪兵见状,吓得魂不附体,跪在地上连连求饶,尹林说:"起来,我们游击队不杀俘虏!"用一根树藤把他绑了,然后几个人押着这个俘虏欢天喜地朝山下走去。

前面的枪声渐渐停下来,由于敌人一触即溃,何通中队只打死了十几个敌人,缴获二十多条枪,虽然战果不算很大,但打击了敌人的嚣张气焰。

看见黄友等人押着一个俘虏走来,何通有些意外,问:"你们怎么回事?"

黄友立正回答道:"报告队长,有两个敌人跑到我们防区了,被我们打死一个,抓获一个。"

何通听得又好气又好笑,说:"还你们防区!你们防区在哪儿?是在前线吗?"

小鬼班的战士们都摸着脑袋,不好意思地嘿嘿笑了。

2

但横亘在小鬼班面前有一个巨大的障碍,就是全班除了黄友有一支枪外,其他队员都没有枪!

没有枪,就不是真正的战士!

第十一章

这是小鬼班全体成员的想法,也是每个人的心病。

上次在南门山村虽然打死一个敌人,抓获一个俘虏,但却没有缴获一支枪,这令黄友耿耿于怀。

但同时他也清楚地知道,部队不可能给小鬼班发枪——因为咱们的部队没有自己的兵工厂,绝大多数的武器都是从敌人手里缴获过来的,就连很多老兵都没有枪。

所以有些时候,黄友渴望打仗。

机会终于来了!

1943年3月的一个上午,队伍行进在清溪镇的三峰村,这是一个依山傍水的小山村,住着十几户人家。宽广的石马河在村后流过,它冲积下来的泥沙在村子的拐弯处淤积了一个大沙洲,勤劳的村民在上面种上了甘蔗,此时的甘蔗已两米多高,形成一片密密麻麻的蔗林,远远看去,就像一片绿色的戟林,又像战场上整装待发的千军万马。

队伍刚进村头,只见一个老乡气喘吁吁地跑过来,上气不接下气地说:"不好,前方四五里外有一队鬼子正朝着三峰村来,有五六十人,个个扛着大枪。"

何通让队伍停下来,问:"老乡,请问你是怎么发现的?"

那老乡擦了擦头上的汗水,喘着气说:"那里有我的一块玉米地,我正在地里干活,不料发现了一队日本鬼子,就跑回来给乡亲们通风报信……"说着陡然收住口,疑惑地问何通,"你们是?"

何通拍了拍老乡的肩膀，笑着说："别害怕，我们是游击队。"

老乡喜出望外地说："敢情你们就是游击队呀，这下我们有救了！"

何通来不及客气，吩咐道："老乡，现在情况紧急，你赶紧去通知村里的老乡躲到山里去，仗没打完就不要出来。"

"好呢！"老乡飞奔而去，还不忘回头喊了一声，"游击队是好样的！"

何通把几个干部召集在一起开碰头会。何通说："既然狭路相逢，那我们就好好地打一仗。"一指那片甘蔗林，说道，"那片蔗林对我们来说就是个天然的埋伏场，日本鬼子不熟悉地形，我们正好出其不意，打他个伏击。"

大家对这个计策拍手叫好，可谁去引诱敌人呢？还没等何通开口，黄友就自告奋勇地站了出来，大声说："报告队长，就由我们小鬼班去引诱敌人吧！"

何通沉吟了一下，问："你打算怎么引诱敌人？"

黄友胸有成竹地说："大部队预先在甘蔗林里埋伏好，我们小鬼班去偷袭，激怒日本鬼子，然后引诱他们进甘蔗林。"

何通听得连连点头，赞许道："这个办法很好，但你们一定要注意安全。"

"是！"黄友立正答道，旋即又嘻嘻笑道，"队长，我们还有个请求。"

何通有点莫名其妙，问："什么请求？"

"就是这次战斗后，要给我们每人发一支枪！"

何通爽快地说："行！这次你们缴的枪不用上交，全部留给小鬼班自用！"

"真的？"黄友兴奋地跳起来。

"军中无戏言！"

"好，我们一定会缴获几支枪！"

手枪队队长冼麟接声道："黄友，要是能缴到手枪，要分给我们几支哦！"

黄友调皮地说："缴了再说吧！"众人听了哈哈大笑。

3

按照战斗部署，游击队兵分两路钻进甘蔗林，一路跟冼麟往左侧呈半圆状形成包围圈，另一路则随何通埋伏在右侧。

黄友带领小鬼班前进到一个岔路口，这里离甘蔗林不到十米远，视野开阔，不仅便于瞭望，进退也非常方便。

但敌人迟迟未出现。

黄友心里不由得嘀咕道："难道是敌人绕路了？"

这时傅天聪也急了，说："我去前面侦察一下。"

黄友叮嘱道："不要太接近敌人！"

"知道！"傅天聪像一只兔子一跃而起，三蹦两跳便消失在小路的尽头。

黄友等人焦急地张望着，不一会儿，便见傅天聪急匆匆地跑回来，说："敌人就快到了，果然每人背着一支'三八大盖'。"

黄友激动得两眼发光，兴奋地砸了一下拳头说："来得好，这回一定要夺几条枪！"

大伙的心都在怦怦直跳，不是害怕，而是紧张和渴望，毕竟这是小鬼班第一次当先锋面对敌人。

黄友感觉到了这种情绪，压低了声音道："沉住气！"一边不慌不忙地从兜里掏出弹弓和石子摆在土埂上，一边扯断一根青草在嘴里慢慢嚼着。

"咚！咚！"一阵整齐的步伐声由远而近，黄友回过头，对着甘蔗林发出了几声鸟叫——这是何通中队特有的信号。

一队黄黄的人影出现在小路的拐弯处。"鬼子来了！"黄友低沉地喝了一声，脑袋不由自主地往下伏了伏。小鬼班所有的成员都屏住了呼吸，两只眼睛瞪得圆圆的，趴在那里一动不动，生怕被鬼子发现了，打草惊蛇。

鬼子转过弯，看到一片青青的甘蔗林，便叽里呱啦嚷起来，黄友猜到他们想折甘蔗吃，便对身边的尹林说："你弹弓打得最好，等敌人走近了你就打那个肩上带牌牌的。"

尹林点点头，择了一颗大石子放在弹弓兜里，将皮筋拉得直直的，瞄准那个领头的敌人。

敌人被这片甘蔗林吸引住了，根本没料到这里会有埋伏，大摇大摆地走过来。尹林见敌人已走近，将皮筋一松，"嗖"的一声，石子不偏不斜，正中那个领头敌人的后脑勺。

"巴嘎雅路，是谁偷袭我？"那个鬼子捂住头，回头四处张望，凶神恶煞地用日语咆哮。

紧跟在他身后的鬼子莫名其妙地看着他，不知发生了什么事。鬼子头领四周看了看，也没发现什么异常，又骂了一句，只好继续向前进。可谁知没走两步，嗖的一下，又一颗石子砸到这鬼子的后脑勺上。这次尹林使的劲儿更大，打得鬼子捂着脑袋直跳，活像一只掉在开水里的绿青蛙。

看着鬼子的丑态，黄友和战友们想笑却不敢笑出声，只好拼命地捂住嘴巴。

鬼子们紧张起来，纷纷踮起脚四处张望，但田野里空荡荡的，无有一个人影。

"真是活见鬼！"挨石子的鬼子没好气地骂了一句，闪身躲进队伍中间。黄友见时机已到，轻轻吹了声口哨，小鬼班的五张弹弓一起开火，一堆石子顿时像雨点似的朝敌人头上砸去。鬼子被突如其来的石子打得晕头转向，一手捂着脑袋，只顾跳脚躲避，却忘了开枪，场面一片混乱。

领头的日本鬼子怒火中烧，抽出指挥刀向甘蔗林一劈，恶狠狠地吼道："给我把他们找出来！"

见敌人已上钩，黄友喊了一声："撤！"

尹林等人一跃而起，躬着身子朝甘蔗林跑去。敌人见是几个孩子，顿时放松了警惕，哇哇怪叫着紧追过来。

黄友一边跑，一边用弹弓回击，他弹无虚发，打倒了好几个敌人。一个大个头鬼子被激怒了，对黄友紧追不舍，想要活捉他。此时黄友已跑进甘蔗林里，像兔子一样钻来钻去。但鬼子腿高手长，有好几次差点抓到黄友。黄友见这鬼子挺灵活的，心想光跑不是个事，要和他斗一斗才行，于是收住脚步，对鬼子比画了一番。鬼子看懂了黄友的手势，不禁咧嘴一笑，把枪挎在背上，竖起大拇指指了指自己，然后又竖起小拇指指了指黄友，抱着双臂站在那里让黄友过来打他。黄友哼了一声，轻蔑地道："别看我个子小，照样能打倒你这个大鬼子。"说完脚尖一挑，一团泥巴朝鬼子脸上飞去，鬼子躲闪不及，顿时成了一个黑脸包公。鬼子气极，扑上来就是一拳，打在黄友的胸脯上，打得黄友噔噔地后退了几步，一屁股坐在地上，压断了好几根甘蔗。此时鬼子已杀红了眼，竟抽出刺刀向黄友刺来，黄友急忙向右侧一滚，躲过了一刀。鬼子又刺，黄友躲闪不及，被刺中左大腿，顿时鲜血直流。黄友不顾伤痛，从口袋里掏出一根早已准备好的短竹签，用力朝鬼子脚背上扎去，捅了一个对穿，只听啊的一声惨叫，大个头本能地用双手抱住脚，坐在地上鬼哭狼嚎，黄友趁机捡起枪，熟练地拉开枪栓，一枪打中鬼子眉心。

蔗林里响起了密集的枪声，鬼子知道中了埋伏，慌忙撤出逃跑了。何通知道敌人火力强大，也没穷追，便集合队伍清点人数，发现少了黄友，不禁吓了一跳，连忙派人进蔗林去找。黄友听到战友们的呼唤声，便忍痛喊道："我在这

第十一章

里。"一边摇动身边的甘蔗。

赖志强离黄友最近,听到他的叫声立即像豹子一样冲过来,锋利的蔗叶把他脸上划出条条血痕,但赖志强感觉不到痛,他见黄友倒在地上,身下是一大摊鲜血,不由得失声道:"你受伤了?"

黄友忍住剧痛微笑道:"没事,只是大腿被敌人刺了一刀,死不了。"

"我来给你包扎!"赖志强撕下自己的一片衣服,包扎在黄友的伤口上,但还是无法止住血。赖志强急了,一边大声喊道:"快来人,黄友在这里,他负伤了!"

何通听到赖志强的呼叫,急忙跑过来,关切地询问伤势,黄友不顾伤痛,举了举缴来的枪,激动地说:"队长,我又缴到了一支'三八大盖',你以前说的话要算数哟!"

"算数!这次给你们小鬼班全部发枪,以示奖励!"

"真的?"

"当然是真的!你们小鬼班作战勇敢,个个都是好样的!"

"叭!"黄友突然在何通脸上亲了一口,何通一愣,说:"你这个小鬼,弄得我一脸口水!"所有的人都哈哈大笑起来,爽朗的笑声在甘蔗林里飘荡……

第十二章

1

甘蔗林一役后,李查理被任命为小鬼班代理副班长。

部队接连打了两次胜仗,士气高涨,何通趁机让部队休整练兵。

这天突然接到线报,南门山有一个村民在卖荔枝回来的路上遇到两个土匪,身上的财物被抢劫一空,这个村民奋起自卫,在搏斗中幸亏其他村民及时赶到,用扁担将这两个土匪打死,这个村民侥幸死里逃生。

何通接到情报后,找冼麟商量道:"南门山是我们游击队在凤岗的第一个根据地,群众基础好,我们一定要牢牢地抓在手里,但这里形势比较复杂,既有日本鬼子,还有国民党和土匪,并且匪患比较猖獗,我认为首先要解决匪患问题。"

冼麟点头道:"你的想法我完全赞同!日本鬼子、国民党我们也许一时半会还无法彻底消灭,但对付土匪还是可以的。"

第十二章

何通说:"这些土匪是流窜作案,往往比日本鬼子和国民党反动派更狡猾,所以我们一定要先摸清情况,以免打草惊蛇。"

冼麟深以为然,问:"你觉得派谁去侦察合适?"

"黄友的腿伤还没好利索,我看就派傅天聪和赖志强去吧,他们是孩子,进村子不会引起怀疑。"

"就这么办!"

两人商量好后,何通让人把傅天聪和赖志强叫进来,详细交代了一番。

傅天聪读过高小,是整个何通中队的知识分子,他头脑灵活,深受大家喜爱。而赖志强则言语不多,但办事干练,显得少年老成,他们两人组成一队,正是绝佳组合。

第二天早上,在去南门山村的小路上走来两个少年,他们正是傅天聪和赖志强,俩人各背着一个草篓子,哼着客家山歌,漫不经心地朝村东头的村长家走去。

南门山村土地贫瘠,村民仅靠卖荔枝、龙眼为生,日子过得极为艰难,常常是衣不遮体,食不果腹。但这里僻处深山,这也给那些土匪提供了作恶的便利,他们经常夜里便来"下票",叫人把钱送到指点的地方,不然就杀你全家,扰得南门山村鸡犬不宁,这回终于打死了两个土匪,总算出了胸中的一口恶气。

但接下来南门山村却陷入了更大的恐惧中:村民没有枪,土匪来报复怎么办?

正当村民们惶恐不安之际,傅天聪和赖志强来到了南门山村。

南门山村村长是一位留着山羊胡子的大叔,姓张,他知道傅天聪和赖志强的身份后,非常高兴,将南门山村的情况和盘托出,并说出了一个惊天的秘密:村里有内奸!

"有内奸?"傅天聪和赖志强大吃一惊,以为听错了。

"是呀!"张大叔抽了一口旱烟,气愤地说,"我们也是这几天才发现。"

"这个内奸是谁?"

张大叔一指村东头的那幢碉楼,说:"你们看到没?"

傅天聪和赖志强心领神会地对看了一眼,问:"是这个碉楼的主人?"

张大叔摇摇头,说:"不是。我们村有两座碉楼,是我两个堂叔建的,一个在村子南,一个在村子北。那个内奸,就住在村子南边那座碉楼里。"

"您堂叔的碉楼,为什么要给外人住呢?"

张大叔磕了磕烟斗锅,叹了口长气说:"我那两个堂叔全家都在南洋,这碉楼一直空着,平时由我打扫打扫,开开窗户通通风。去年三四月份的时候,我堂叔一个远房亲戚叫田五七的找到我,说他的房子被日本兵烧毁了,想在这碉楼里住几天。我一看也是亲戚来着,就答应了。谁知他一住下来就不肯走了,我面子薄又不好意思赶他,后来一想这房子空着也是空着,有人住的话这人气还旺一些,于是这事就这么拖下来了。"

"那您是怎么发现他是内奸的?"

"这事说来话长。"张大叔又装了一锅烟点燃,抽了一口继续说道,"他刚来的那两三个月倒没什么异常,可是半年后,我们村里稍有钱的人家突然就接到土匪的传票了。"

傅天聪问:"第一个接到土匪传票的是谁?"

张大叔苦笑了一下,说:"是我。"

"是您?"赖志强睁大了眼睛问。

"他们以为我是村长,又有亲戚在南洋,肯定有点钱,所以第一个找我下手了。"

傅天聪紧张地问:"那您给没?"

张大叔气得身子发颤地说:"敢不给吗?不给土匪就杀你全家!"

"那后来是怎么发现那个人是内奸的呢?"赖志强迫不及待地追问道。

张大叔答道:"村里不断收到土匪的传票,大伙就起了疑心:土匪是怎么知道哪家有钱、哪家没钱的呢?摸得清清楚楚、明明白白!于是就一个一个排查,排查来排查去,就怀疑到了我堂叔亲戚的头上:因为村里只有他一个是外村人。最重要的是,在他没有来之前,我们村从来就没出现过土匪发传票的事,于是我就开始悄悄盯梢他,终于被我发现了:有一天晚上,下很大很大的雨,我担心田里的庄稼被水淹,就披上蓑衣斗笠去看看,开门的时候,我特地朝碉楼里看了看,竟然发现碉楼里有灯光，此时都三更半夜了，怎么还亮着灯？我估计这里面有鬼，就准备过去看看，可走路时却发现蓑衣斗笠都发出响声，只好折回屋里，把蓑衣斗笠都脱了，冒着雨蹑手蹑脚地走到碉楼旁边的一丛芭蕉树里伏下来。不一会儿，只见田五七带着一个人闪身出了碉楼，径直里村西头的李老师家走去——这李老师是我们专门从来龙岗请过来教村里孩子念书的老师——我远远地跟在后面，看见田五七两人在李老师窗户前放了个什么东西，就急匆匆地走了。我怕被发现，伏在田里等田五七两人走远了才敢起身回家。第二天早晨，就听说李老师收到土匪的传票了。"

傅天聪着急地问："那李老师最后给钱土匪没？"

张大叔叹了口气，说："那李老师是个年轻后生，刚二十出头，又不是凤岗人，更重要的是，他在教村里的娃读书识字，万一他有半点闪失，我们担当不起呀！于是大伙儿凑齐了份子钱，送给土匪了。"

赖志强听得血脉贲张，恨恨地一拳砸在板凳上，气愤地说："可恶！"和傅天聪起身告辞，一路跑回营地，将情况向何通、冼麟做了详细汇报。

听了傅天聪两人的汇报后，何通和冼麟商量了一番，决定将计就计，引蛇出洞，彻底解决南门山的匪患问题。

第十二章

2

这天中午时分,南门山村来了一个华侨模样的人,他径直来到张大叔的家,交给他几封银元,这事很快在村里传开了,大家纷纷丢下手中的农活,赶到张大叔家看热闹,大伙七嘴八舌地向这华侨问这问那,气氛十分热烈,那田五七也在人群中,他两眼发光地盯着桌上那几封白花花的银子,恨不得马上抢了去。

这华侨在张大叔家里吃了饭,然后在张大叔的带领下,在村里转悠了一番,田五七像个跟屁虫一样不远不近地跟着,生怕漏掉了华侨说的每一句话。

这位华侨正是乔装打扮的何通!

见田五七一直鬼鬼祟祟地跟着,何通问张大叔道:"跟踪我们的人是不是那个内奸?"

张大叔小声应道:"正是他!"

何通心生一计,于是跟张大叔商量了一番,张大叔连连称妙,遂回头叫道:"五七,这位黄阿叔有话要问你。"

田五七心花怒放,像猴子一样蹿过来,点头哈腰地给何通敬上一支烟,何通摆摆手,说:"我只抽古巴雪茄,不抽纸烟的。"张大叔机智地接上一句:"我说五七呀,这位黄先生是有钱的华侨,大老板,怎么能抽你这么低级的纸烟呢?"把田五七搞了个大红脸。

何通故作亲热地拍了拍田五七,说:"我跟你两位阿叔都在牙买加做生意,发了点小财。回国前,他们跟我说在家里修了两座碉楼,在交给侄子照看,让我顺便捎点钱给他侄子,表示一下心意。"

张大叔连忙接声道:"我两个阿叔太客气了!他们在异国他乡谋生不容易,我们做侄子的在老家看家护院是应该的。"又指了指田五七,说,"五七没有来之前,碉楼平时都是关得严严实实的,这房子呀跟人一样,不通风通气就会生霉生病。自五七来了之后,整个碉楼就亮敞多了,说起来,我阿叔最应该感谢的是五七呢!"

何通故意拉长了声音说:"嗯——五七这事嘛,待我回牙买加了跟你两个阿叔谈谈,下次回来了也送你点银洋。"

田五七听了,只激动得双手乱搓,那双眼眯成一条细缝儿,连眉毛尖上都滴出谀笑来。张大叔见机说道:"黄叔,请您去看看我阿叔的碉楼怎么样?"田五七鸡啄米似的连连点头,然后在前面引路。

何通正想看看碉楼,于是欣然前往。

这两座碉楼没有名字,由于是两兄弟建造,村里人便叫它们做"兄弟碉楼"。"兄弟碉楼"一南一北,正好扼守着村子的要道。南头的碉楼是哥哥张潭所建,北头的则是弟弟张官友所造。

看着雄壮巍峨的碉楼,何通问张大叔道:"这碉楼什么时候建的?"

第十二章

张大叔回答道:"建于1922年。这对碉楼结构是一模一样的,都占地40平方米,长8米、宽5米,高18米,总共有6层。一些建筑材料像洋灰(水泥)、钢筋都是从石龙通过水运到竹塘的两渡河,再由乡亲们一担一担挑进南门山的工地。建一个碉楼,大概要花两年时间,一千个大洋。"

何通听了叹息道:"建一座碉楼真不容易呀!"

"可不是!"张大叔继续介绍说,"这碉楼的墙体是用石灰、黏土、砂石加糖水、糯米混合搅拌好,打堆发酵七天,等熟透了用黄牛踩浆均匀,然后倒在上墙的模板里——那模板是用宽杉木板两边夹着的,中间是空槽——最后用大木桩把料子舂实夯固,等它半干了再撤模板,就这么一层一层地垒上去。"

何通由衷地赞叹道:"做房的料子不用砖头,而是用石灰、黏土、砂石加糖水和糯米混合在一起,这种独特的制作方法大概只有我们中国人才想得出来!"

张大叔脸上露出掩饰不住自豪的神情来,伸出手摸着墙面得意地说:"墙体的底层的厚度一般在1.2米左右,墙主体一般在80厘米至1米,非常非常坚固,连枪炮都伤不了!"

何通心里一动,不动声色地哦了一声。仰头朝上看去,只见整栋碉楼青砖白瓦,古朴森然。楼顶像西洋教堂造型,四周有护栏,还装有避雷针。屋檐下雕塑了一只青燕,嘴喙衔巢,两翅张开,尾翼上翘,栩栩如生,似破壁欲飞。

三人来到碉楼的正门前,何通发现这正门坚固异常:整个门框和门栏都是花石岩条割而成的石板,厚一尺有余。外门是一道由粗钢筋焊成的栅栏,栅栏里面又有六根手腕粗细的木棒横插在两边石门框的圆洞里,门栅后面才是一扇厚厚的紫檀木门,两块大门上各有一个碗大的铁环,一把炳形箭状的铁钎将这两个大铁环锁扣住,铁钎上锁着一把拳头大小的弹子锁。田五七哈着腰跑步上前,在左边的石门框里拉开暗栓,然后用力将铁栅门往右拉,只见整个栅门都塞了进去——原来右边的墙体有一道专门用来藏栅门的空隙,何通见了暗暗叹服。这时田五七从腰屁股上掏出钥匙,插进锁孔,轻轻一拧,只听嘣的一声脆响,那把弹子锁嚓地弹开了,田五七伸出双掌,撅着屁股用力一推,那扇厚重的紫檀木门沉沉地吱呀一声,缓缓开了。田五七将身一侧,涎着脸道:"您请进!"

何通大模大样地嗯了一声,背起双手走进堂屋,这堂屋大约四米见方,神龛下方摆着一条长长的香案,香案前面是一张八仙桌,上面落了一层薄薄的灰尘。几张红木椅子横七竖八地乱摆着,显得非常零乱。何通暗暗叹息了一声,心想这田五七不仅人不品不行,还是个邋遢的人,同时目光往上移,一幅巨大的神龛便撞入他的眼帘里来,神龛的中间供着六个涂金大字:天地国亲师位。何通的心里涌起一股暖流,他深切地理解海外游子对祖国、对家乡的拳拳之心、殷殷之情,于是扭头问道:"家里有香吗?我拜一下祖宗!"

"没……没有。"田五七羞愧地支吾道。

何通不悦地哼了一声,随后恭恭敬敬地朝神龛躹了三个躬,然后对田五七说:"你不用陪我了,有张村长陪就行。"

"这……这……"田五七尴尬至极,求助地看着张村长。

张村长明白何通打发田五七的用意,便摆了摆手,说:"你去忙你的吧!"

田五七还是站着不动。

张村长看穿了他的心思,咧嘴一笑,说:"你尽管放心,黄阿叔答应你的大洋不会跑的。"

田五七这才喜笑颜开,对何通连连作揖说:"谢谢黄叔!谢谢黄叔!"这才不情不愿地退了出去。

楼道里有些昏暗,散发出一股淡淡的霉味。何通走在木楼梯上,一边思考着什么。

碉楼第二层零乱地放着一些农具和家什,如风车、木桶、禾叉、坛罐之类的,有些破损了,上面积满了厚厚的灰尘。张大叔介绍说:"这些都是我堂叔的,自他们出国后,这些东西就没动过,留着做个念想。"

何通上前扶起一张犁,说:"看来你堂叔也是一把种田的好手。"

"是啊!我堂叔他们人聪明,非常能干,人也勤快,可还是填不饱肚子呀,最后没办法,只好跑到牙买加谋生路了。"

何通感慨地说道:"华侨虽身在海外,但他们也心系祖国。比如在我们'飞鹰中队'，就有华侨战士。"

张大叔惊诧地问："你们部队里有华侨？"

"是呀，有的还是孩子。"何通微笑着说。

张大叔一拍脑袋，恍然大悟地说："对了，昨天来的两个孩子，正是你们游击队的，看我这记性，哈哈……"

何通笑着说："他们一个叫傅天聪，一个叫赖志强，都非常机灵勇敢。昨天他们回去后向我们汇报了这里的情况，着重反映了内鬼的问题，我们觉得情况复杂，所以今天我再来侦察一次。"

张大叔见说，忙走到瞭望孔朝外张望了一下，只见田五七坐在一道田埂上抽烟，遂放下心来，对何通附耳说："内鬼不除，村无宁日。"

"我们有这个想法。"何通说，又指了指碉楼，"这个要好好利用起来。"一边说，一边仔细观察碉楼的构造。

碉楼的每层楼高约3米，四方各开有一个竖形窗口，窗栅是如小孩手腕般粗细的铁棍，非常牢固。在窗户两侧，又开了两个瞭望孔，同时四周墙壁都开有为数不等的射击孔。射击孔为圆形，内部有饭碗大小，便如观察，而外孔则仅有酒杯那么大，仅可伸出枪头，要想在百米之外射中这枪眼，哪怕你是百步穿杨的神枪手也不容易。

上到二楼，张大叔指着脚下的楼板介绍道："这都是用上好的檀木铺设的，有二三十厘米厚，木板上面还铺了一层青灰色的水泥，下面是由十几根海碗粗的树檩扛着，非常坚固。"

听了张大叔的介绍，何通跺了跺楼板，果然震都不震一下，不由得称赞道："果然好结实！"

两人登上楼顶，放眼四顾，整个南门山村尽收眼底，一览无余。何通发现田五七在村里瞎晃悠，心生一计，暗暗拿定了一个主意……

3

田五七一直在暗中观察何通，直到傍晚才发现何通离开，于是匆匆吃过晚饭，没等天黑就迫不及待地朝龙岗方向走去。

在南门山与龙岗交界的一个深山沟里，有一帮土匪，土匪头子叫胡三平，原是国民党187师保八团的一个排长，因酒后调戏了一个长官的小姨子，遂逃离部队回到龙岗老家，拉了十几个地痞，白天当民夜里做匪，干起打家劫舍的勾当。

由于南门山村离土匪窝最近，胡三平便兔子专吃窝边草，频频向南门山村下手。他打听到田五七是个好吃懒做、游手好闲的家伙，便软硬兼施让他做了内应。起先田五七还有几分害怕，后来见没有被发现，便越来越胆大，死心塌地做起了土匪的探子。

第二天，天刚蒙蒙亮，张大叔像往日一样早早地起了床，发现田五七装模作样地在打扫屋后的晒场，知道有鬼，扭头看了看右厢房的窗户，果然见窗台上压着一张纸，上面歪歪扭扭地写着："限于今夜丑时将银子送到嶂厦村的大榕树底下，不送就杀你全家！"字上还画了一个大大的红叉，仿佛要破纸而出。

张大叔一屁股坐在地上，默默地抽起旱烟，显得心事重重的样子，一边偷偷地瞄了田五七，只见田五七匆匆地闪身进了碉楼，张大叔知道，鱼吞钩了！

吃过早饭，张大叔趁田五七不注意，溜出南门山村，径直来到黄洞水库，这是他与何通约好的接头地点。远远地，他看见何通在一处水边钓鱼，忙三步并作两步地跑上去，将土匪的传票递给了何通。

看了土匪的传票，何通气不打一处来，带着嘲讽的口气说："果然沉不住气了，正好把这股土匪消灭掉，还老百姓一个太平。"何通如此这般跟张大叔交代了一番，两人匆匆告辞而别。

何通回到驻地后，来不及喘口气，立即与冼麟商量剿匪计划，最后决定兵分两路：何通带一路先去活捉田五七，然后到嶂厦与冼麟会合，再直捣匪巢。

为了避免打草惊蛇，何通这一路晚上九点钟才出发，到南门山村时已然十点多，此时夜色正浓，南门山村已陷入一片寂静中。

张大叔正在家里焦急地等待，为了不让田五七起疑心，他连灯都没有点，黑灯瞎火地干坐着。突然，门上响起了几声轻

第十二章

轻的敲门声,张大叔强捺激动,问:"是谁?"

何通低声应道:"张大叔,我是何通。"

张大叔连忙打开门放队员们进来,这时张大婶也点燃了灯,高兴地说:"可把你们盼来了。"何通道:"大婶您放心,这回我们一定要把土匪消灭掉。"

张大婶喜不自禁,张罗着要给队员们做宵夜。何通说:"我们有任务在身,事不宜迟,先把田五七抓了再说。"张大叔自告奋勇地道:"我来给你们带路。"

一行人随着张大叔悄悄地来到碉楼前,张大叔拍门喊道:"五七!五七!"田五七在里面应道:"阿叔,这么晚找我有事吗?"

"你婶肚子疼得厉害,你起来帮我一起送到圩上去看医生。"

"哦……哦……好咧!"田五七点亮了煤油灯,打着哈欠打开门,说时迟,那时快,何通和两个战士一拥而上,将田五七扑倒在地。

田五七在地上挣扎道:"你们干什么?"

张大叔用力踢了他一脚,骂道:"我看在亲戚的面上,好心让你住这里,没想到你狼心狗肺,竟然恩将仇报,当起土匪的探子来害乡亲!"说着把土匪的传票扔在他脸上,田五七见事件败露,像一只癞皮狗瘫软在地上,浑身筛糠不止。

何通用手枪顶着田五七的脑袋,厉声道:"老实交代土匪的情况,不然一枪毙了你!"

田五七跪在地上连连叩头道:"我说!我说!"

据田五七交代,胡三平这帮土匪有十四五个人,但只有三四条枪,匪窝子在一个天然的山洞里,非常隐蔽。

何通命人将田五七五花大绑,留下两个战士看守,然后带着队伍向嶂厦挺进,半个多小时后,与冼麟顺利会合。

子时时分,张大叔提着一个马灯来到大榕树下,放下一个包裹后匆匆离去,何通发出两声鸟叫,这是他跟张大叔约好的暗号,告诉一切已安排妥当。

一弦弯月从云层的缝隙中钻出来,天地一片朦胧,山林、村庄、小溪……一切都陷入了梦乡。队员们没有心思欣赏这无边的夜景,个个眼睛瞪得像灯笼,紧紧地盯着那棵大榕树。

鸡叫时分,嶂厦村的那条小路上终于出现两个鬼鬼祟祟的人影,他们径直走到大榕树下,一个放风,一个去取包裹,何通见时机已到,命令道:"上!"游击队员们一涌而出,两个土匪还没明白是怎么回事,就做了俘虏。

何通双手叉腰自我介绍道:"我们是东江纵队的游击队员!现在你们面前有两条路:一是弃暗投明,二是做土匪死路一条。"

两个土匪对看了一眼,一个瘦瘦的土匪说:"报告长官,我们其实是龙岗那边的农民,是被胡三平逼着做土匪的。平时没干什么大坏事,请长官饶了我们吧!"

"那你们要戴罪立功!"

瘦土匪结结巴巴地问:"怎……怎么个戴罪立功法?"

"把我们带到土匪窝子里去,把土匪消灭干净!"

"好!"另一个胖一点的土匪说,"我带你们去,灭了这帮害人精。"

冼麟问:"十几个土匪全在洞里吗?"

"没有。"瘦土匪回答说,"洞里只有四个带枪的土匪,其余的都住在自己家里。"

胖土匪怕何通不完全明白,解释说:"我们这些没有枪的人平时都在家里干农活,跟种田的农民没什么两样,只是有活干了胡三平才派人通知我们。"

何通听其口气料他没说谎,便道:"那行,你现在就带我们去。"

山路非常崎岖,加之夜黑,不到三里的山路,队员们愣是走了近两个小时,到达土匪窝点时东方的天际已现鱼肚白。这时那个瘦土匪畏畏缩缩地指着一蓬厚厚的荆棘丛说:"洞口就在里面。"

冼麟问:"洞有多高多深?"

肥土肥讨好地抢着回答道:"大概有10米深,不过整个山洞都是直的,没有拐弯抹角的地方。"

冼麟与何通商量道:"山洞里情况不明,又是几个顽匪,不如……"一边做了个扔手榴弹的手势。

何通道:"我们想到一块去了,那就让他们梦里见阎王去吧!"

冼麟小心翼翼地爬到洞口，然后从腰里取下两颗手榴弹，扒开荆棘扔进洞里，两声闷响过后，里面没有一点动静，冼麟不放心，又朝里面打了几梭子，这才喊道："缴枪不杀！"还是无人回应。

何通叫人点燃火把，有几个战士上去把荆棘扒开，借着火光往里看了看，只见洞里躺着三个土匪的尸体，鲜血流了一地。

"怎么才三个人，还有一个呢？"何通疑惑地问。

两个土匪一听慌了神，进去一看，迭声叫苦道："胡三平没炸死，这是他三个手下。"

"那胡三平到哪儿去了？"冼麟问道。

瘦土匪想了想，说："肯定是到龙岗他姘头家里去了。"

何通问："那你知道他姘头家在哪儿吗？现在趁着天早，我们赶过去把他消灭掉！"

"不知道。"肥土匪摇着头说，"这胡三平非常狡猾，他总是独来独往，从来不跟我们多说什么。"

何通听说，只好作罢，命令部队撤回驻地。冼麟突然道："等一下。"在一个死土匪身上撕下一块布，蘸了血，然后在洞壁上写了一行字：

"杀土匪者，游击队也！"

4

游击队端掉驻在南门山村的土匪窝,除掉了一个大害,周边的老百姓无不拍手称快。

侥幸逃过一劫的胡三平如丧家之犬,竟然投靠了驻扎在平湖的藤本,彻彻底底地当上了汉奸。

藤本吃过何通中队不少亏,所以对何通中队恨之入骨,每每欲灭之而后快,但何通中队如神龙见首不见尾,藤本根本找不到何通中队的踪迹,现在有了胡三平这个汉奸当向导,不由得大喜,一心想找机会跟何通中队决一死战。

胡三平揣摩透了藤本的心思。这天上午,胡三平对藤本献计道:"南门山村是游击队的一个根据地,只要把它拿下来,就等于断了何通的一支胳膊。"

藤本听了大喜,说:"我正有此意!"随即命令部队侵犯南门山村,命胡三平在前面带路,进村搜捕。

南门山短暂的宁静又被打破。日寇像疯狗一样对一间间房屋翻箱倒柜,在张大叔家里,终于发现了一顶游击队战士的军帽。胡三平如获至宝,冷笑着问张大婶:"你就是张大胡子的婆娘吧?张大胡子人呢?"

张大婶冷冷哼了一声,别过头根本不搭理他。

胡三平恶狠狠地一把揪住张大婶的头发,扬着帽子吼道:"游击队在哪儿?说出来饶你一死!"

张大婶轻蔑地吐了一口口水,骂道:"你这个狗贼,先做土匪后当汉奸,死了你的祖宗都不会认你!"

胡三平气急败坏地抽了张大婶一巴掌,张大婶的嘴角流出鲜血来。

日寇将乡亲们赶到张大婶屋前的土坪上,胡三平像一只猴子一样跳上土墩,张牙舞爪地咋呼道:"你们不是要把我胡三平赶尽杀绝吗?怎么样?我胡三平今天又回来了!"又举起那顶游击队帽,大声地问:"只要你们交出游击队的下落,皇军就不会动你们。不然就……"说完得意扬扬地颠着双腿,双眼阴阴地罩着乡亲们。

乡亲们一声不吭,都愤愤地盯着胡三平,眼里充满了仇恨和鄙夷。

胡三平见状,脸上的肌肉抽了抽,凶神恶煞地盯着张大婶,咬牙切齿地说:"我最后问你一次,到底说不说?"

张大婶头一扬,斩钉截铁地说道:"做梦!就是知道也不告诉你!"

胡三平飞起一脚,将张大婶踹倒在地,回头对藤本说道:"这帮人又臭又硬,要给他们点颜色看看!"

藤本狞笑一声,命令两个鬼子将大婶五花大绑,提来一桶泥浆水,用铁扦撬开张大婶的嘴,一阵猛灌,直至肚子鼓胀得再也装不下去之后,再用门板放在她的肚子上,几个鬼子跳上去一顿暴踩,泥浆水从张大婶的嘴里、鼻子里喷出来。如此反复三四次,张大婶早已不省人事,但每次被鬼子用冷水浇醒，张大婶只是轻蔑地冷笑，对游击队的下落只字不提。

藤本黔驴技穷，于是逐个辨认，他发现李老师皮肤细白，手掌无茧，不像是种地的庄稼人，怀疑是游击队员，于是不由分说将李老师吊在一棵大荔树上，严刑拷打，逼问游击队的下落。

乡亲们看见李老师被打得皮开肉绽，都往前挤，要去救他，藤本朝天开了两枪，双目狰狞地吼道："统统给我站住！谁敢再上前一步，全部枪毙！"两个日本兵架起机枪，只待藤本一声令下，便扣动扳机。

李老师见形势万分凶险，忙叫道："乡亲们不要管我！日本鬼子杀人不眨眼，不要做无谓的牺牲。"

藤本以为李老师害怕了，于是将他从树上放下来，换上一张笑脸假惺惺地说道："要是你开始就跟皇军合作，就不会吃皮肉之苦了。"

李老师指不慌不忙地理了理头发，平静地说："你们把我的头发搞乱了。"

藤本笑道："只要你肯说出游击队的下落，我保证你有享不尽的荣华富贵。看你样子才二十多岁，这么年轻，死了不可惜吗？"

李老师看了藤本一眼，淡淡地说："这个我知道。"

藤本喜出望外，连忙将李老师扶在土墩坐下，躬着腰问："你是要跟皇军合作了？"

李老师点点头，说："是的。"

乡亲们看了，忍不住叫出声来："李老师，你不能这样！"

李老师朝乡亲们摆了摆手，说："我知道该怎么做。"随之对藤本道，"我可以跟你合作，但有一个条件。"

藤本迫不及待地道："什么条件，快说！"

李老师朝胡三平看了看，然后冷冷地对藤本说道："你先杀了他，我就告诉你游击队的下落。"

藤本一愣，旋即明白李老师在作弄他，不由得暴跳如雷，一脚踢在李老师肚子上，狼一样地叫道："把他给我绑在树上，用刺刀刺死！"

两个日本鬼子架起李老师朝荔枝树走出。李老师回过头，朝乡亲们喊道："乡亲们，叫游击队给我报仇！"突然猛地用力挣脱身子，傲然地站在土坪上，冲着藤本喊道："小日本鬼子，我就是游击队，我们一定会把你们消灭干净，赶出中国！"随之振臂高呼："打倒日本帝国主义！"藤本恼羞成怒，拔出指挥刀残忍地将李老师杀害。

藤本完全疯了，指着房子两眼血红地号叫道："全给我烧了！烧——了——！"

南门山村登时陷入一片火海中，浓烟冲天。

藤本见乡亲们宁死不屈，心生一计，于是把全村人赶进哥哥张潭所修的碉楼里，举着还在滴血的指挥刀威胁道：

"最后给你们一次机会，说出游击队的下落，不然就用毒气熏死你们！"

张大婶吐出一口带血的口水,大义凛然地回答道:"小日本鬼子,你熏吧!就是我们全部被熏死,也没有一个人会告诉你们的!"

藤本狞笑一声,手一挥,两个鬼子将大门反锁,然后换上防化服,拿起毒气罐朝碉楼里猛喷。听着乡亲们剧烈的咳嗽声,藤本仰天哈哈大笑起来。胡三平点头哈腰地竖起大拇指道:"太君高明,全部熏死他们的有!"

藤本看了碉楼一眼,扬扬得意地道:"这就是跟皇军作对的下场。"插回指挥刀,命令道:"收队!"

待日本兵走远一点后,张大婶强忍疼痛,打开碉楼墙壁上的几处暗窗通风换气,但乡亲们还是被熏得全身浮肿,几无人形。

藤本在南门山村的暴行激起了乡亲们的无比仇恨,民众抗日之火渐成燎原之势。

第十三章

1

自1940年日本侵略军占据了广九铁路沿线后,两旁一二十公里内皆成了沦陷区,日军的扫荡十分频繁,要来就来,要走就走。每次日军来村扫荡,村民们都纷纷躲进村里的碉楼或附近的山上。日军大肆放火,火光熊熊,黑烟滚滚,但无人出来救火。油甘埔、狮石厦、凤德岭三个村一次被烧的房屋达三百多间。

"哪里有压迫,哪里就有反抗!"面对这些穷凶极恶的敌人,凤岗人恨得牙根都痒痒,一些勇敢的村民自觉或不自觉地走上了反抗的道路。

这一年深秋,秋收后的稻田种上的番薯苗已长出嫩叶。一日,日军又来扫荡,人们又纷纷躲进碉楼或山上,日军逐户破门抢掠,至下午才撤退。其中有一个汉奸在狮石厦吕姓人家搜掠,来不及与日军一起撤退,被陆续回家的村民碰个正着。村民大声呼喊:"捉汉奸!"那汉奸夺门狂奔,向油甘埔村方向

第十三章

逃跑。

狮石厦与油甘埔隔了一大片田,汉奸没有佩枪,狮石厦这边大呼捉汉奸,油甘埔村人闻讯赶来,四面包围,终于把汉奸逮住。汉奸跪地叩头求饶命,自称是日军的一个小翻译。村人拿来麻绳,将其五花大绑。此时全村的人都涌了过来,大家怒不可遏,骂的骂,拖的拖,打的打,推的推,汉奸像一条死了的癞皮狗任由摆布。推搡中,他身上掉下一些纸币和几枚金戒指,眨眼就被人抢了去。

这时一个人找来一块木板,用毛笔写了五个大字:"打倒狗汉奸!"插在汉奸的后背上,又将一条牵牛绳套在他脖子上,像牵狗一样牵着,开始游街。看热闹的人越来越多,所过之处,砖头、瓦块甚至白菜、萝卜……像雨点一样砸在汉奸身上,喊打喊杀声不绝于耳。

一路游到塘沥圩的麻石桥,这桥有两三米高,冬天的河床已枯竭,桥底下全是乱石。这时有人提议道:"把这狗汉奸推下桥去摔死算了!"又有人道:"万一摔不死呢?会引来日本鬼子更大的报复,会连累全塘沥村的人受更大的灾难!"

正商量着,又有人跑过来传话,说日军回头来救这个汉奸翻译了,那些助威壮胆的人听了,吓得四下逃散,最后只剩下江凯、张雅和张四发三个年轻人。汉奸见日军回头救他,开始拼命挣扎。三人见状,于是分工:一人在前面拖,两人在后面推打,将汉奸拖离塘沥圩,由圩背树山路走,拖行到石陂头,一个人在碉楼上高声呼叫道:"日军快到楼下了,你们快走!"这时三人已腿酸手软,那汉奸更是精疲力竭,奄奄一息,但还是在垂死挣扎。

过了石陂头,进去已是一片冬种的薯田,三人把汉奸按倒在地,轮流用脚跟猛踩汉奸的胸腔、心口,直至他断了气才罢手,然后再把尸体拖进薯田低洼处加上泥土遮掩,然后迅速向黄洞方向撤离。此时已夕阳西下,日军没有找到那汉奸,只好不甘心地回去了。

翌日上午,塘沥村人捐钱给凤凰围村一位名叫"南来"的人,让他把汉奸埋在了附近的乱葬岗里。

2

凤岗军民的复仇之火如岩浆在地下燃烧。

1943年的11月18日中午时分,一支日寇小分队从清溪三中进入黄洞,再由黄洞陈井坑折回塘厦。一个佩有指挥刀的日本兵迷失了方向,在田心村新围场石陂头停下,待在溪边。田心村民曾宪昌从远处看见日本兵,怒火中烧,便慢慢地靠过去。这时,从另一边走来了村民曾炳舜。二人用眼交流了一下,胆子更大了。曾宪昌若无其事地走到日本兵的身边。日本兵正想弯腰捧水喝,他一个箭步冲上去,双手紧紧地扼住日本兵的颈。受到突袭的日本兵随即反转粗壮矮胖的身子,与曾宪昌做生死搏斗,二人抱成一团,翻来滚去,滚到了河边的草坪上。曾宪昌一手扼着日本兵的脖子,一只手狠命去敲击日本兵的头部。从另一方向赶来的曾炳舜,抢过日本兵的枪,本想射杀日本兵,一怕误伤自己的兄弟,二怕枪响被其他日本兵发现,只好等待时机。这时,日本兵拼命挣扎,抽出右手去腰间拔刀。正在这危急关头,曾炳舜迅速将枪管插入敌人的肋骨间,用脚踏住日本兵的右手,使他不能动弹一下。曾宪昌见状,勇气倍增,乘机用双手紧紧地扼住日本兵的脖子,竭尽全身力气卡住不放。他对日本兵恨之入骨,这时新仇旧恨一齐涌上心头。只见他怒目如铃,吼声似雷,牙齿咬得咯咯响,死死地卡住日本兵的脖子。在一旁助战的曾炳舜也用脚猛力踏日本兵的胸部和腹部。逞凶一时的日本兵,慢慢地摊开两手,一命呜呼!

曾宪昌顺手拿些禾草遮住日本兵的尸体,赶忙回家。第二天,才把这个日本兵的尸体拖到附近的山上埋掉。

3

何通中队的锄奸行动更是令敌人闻风丧胆。

龙岗有一名大汉奸叫作许运林,抗战爆发之前他就是龙岗商会会长,龙岗沦陷后,很多行会首领不愿意为日本人做事,纷纷选择了辞职,而许运林则几乎迫不及待地做了日本人的走狗,在原本的商会会长职责之外,似乎是为了"表忠心",许运林开始不遗余力地帮助日本人搜刮当地百姓,刮起大小商户的利润时毫不手软。

看到这些日益猖狂的汉奸，何通决定杀一儆百，给这些汉奸一点颜色看看。拿谁开刀呢？思来想去，就是他了———许运林，这个奴颜婢膝的卖国贼……

一个漆黑的夜晚，嶂厦村一栋空着的民宅里，何通、冼麟几个队员围坐在圆桌前，对于是否有必要击毙汉奸许运林的问题，进行详细研究，何通说道："许运林参与汉奸活动异常卖力，而且管制着龙岗市面上的许多商号，给日本人疯狂敛财，所以有必要将他除掉。同时也可以敲山震虎，警告其他汉奸，为日本鬼子卖命的下场只有死路一条。"听了他的意见后，几人都认为有必要给这些汉奸一些颜色看看。

冼麟补充道："我觉得刺杀许运林这个人事先要安排好时间和地点，必须一击而中，决不给他逃跑的机会。而且地点最好选在比较繁华的地点，能够充分地达到对敌人的震慑。"

"对！"一个老游击队员说道，"我们根据早期的侦察发现，许运林这个人平常的交际应酬比较多，经常出入一些饭店等公众场所，如果我们能够在这些地点进行刺杀行动，肯定能达到事半功倍的效果。"

何通拍案而起："就这么定！大家这几天要严密监视许运林的活动情况，冼麟你的手机队执行刺杀任务。如果有什么闪失，其他人要迅速出击，必须当场击毙许运林。"

没过几天，何通得到情报，一周后许运林将会在龙岗大饭庄宴请商界的几个大佬，何通命令手枪队提前一天埋伏在大饭庄周围，以免太过急促打草惊蛇。

第十三章

　　第二天傍晚，所有成员分散到伏击点的各个方位，十数双眼睛紧紧地盯着饭庄的大门，就等待着那一时刻的来临……

　　晚上8点左右，饭庄的门打开了，一群人走了出来，许运林正与他的几个"同好"边说边笑地走向停在饭庄旁的汽车，突然间，冼麟等人从车后跃起，几支乌黑枪口对准了许运林。许运林被这一幕惊呆了，冼麟举枪便射，打中许运林左肩，许运林一手捂住枪伤，回头就往饭庄里跑，嘴里还不停地喊着："杀人了！杀人了！"听到枪声的人们惊得向饭庄外跑去，正好堵住了许运林的逃路，把他截留在空旷的饭庄前，冼麟赶上去，迅速补射了一枪，子弹不偏不倚地击中许运林后脑，许运林哼都没哼一声就倒在了地上，殷红的鲜血从许运林脑袋上汩汩流出，顺着地面慢慢地扩散开，他肥胖的身躯在地上抽搐了几下，便一命呜呼。

第十四章

1

1943年，太平洋战场发生了根本变化，美军取得了战争主动权，日军败迹已显。日军为了支持太平洋战争和准备以中国作为它垂死挣扎的基地，急需打通平汉、粤汉和广九铁路，以及巩固广州、香港两中转站，进而连通整个中国，使之成为支持其太平洋战争的战略物资中转站。

广九铁路是广州和九龙之间的重要交通线，也是华南交通的一条大动脉。日本帝国主义为了加强其对广九线两旁的广大地区的统治，除强迫群众抢修铁路外，还在每个车站驻兵把守，利用伪军和豢养着的大批认贼作父的汉奸和土匪恶霸、地痞流氓，成立军警督察处、维持会、伪乡公所，强推保甲编制，拉伕筑碉堡、滥伐森林、抢掠粮食财物牲口、强奸妇女……实行以铁路为柱、公路为链、碉堡为锁的"囚笼政策"。

1943年冬，驻广九铁路平湖站的日寇藤本大队和驻樟木头的日军长濑中队为加快修通被东江纵队一再破坏的广九铁路，相继组建了"物资收集队"，沿铁路线伐树做枕木，一路抢劫烧杀。

这时东江形势也有了变化。首先是国民党军队畏敌如虎，纷纷退出广九铁路两侧。我东江部队主动出击，扩大了根据地，特别是铁路以东地区已扩展到惠阳沿海、大亚湾、大鹏半岛一带，部队得到发展，兵力已达到4000余人，并按照党中央的指示，改番号为"广东人民抗日游击队东江纵队"。

为粉碎敌人的图谋，东江纵队领导按照敌进我退，深入敌后的策略，发展游击战争，并成立东江纵队第三中队，代号为"华山队"，不久又改为"飞鹰中队"，任命何通担任中队长，仍下辖三个小队、一个手枪队及民运队、情报站、交通站和税站，并以官井头、黄洞为基地，在塘沥、凤岗等地开展武装斗争。

根据形势需要，飞鹰中队的主要任务是：在广九铁路东侧，南至平湖，北到樟木头，东到惠阳与东莞县的接合部开展游击战，积极打击铁路沿线之敌，破坏其运输。

2

为粉碎敌人"囚笼政策"的封锁，何通决定捣毁敌人的一切交通设施，包括公路、桥梁和通信，他给这个计划取了一个名字：切脉行动！

上级批准了这个计划。

飞鹰中队召集官井头、油甘埔、塘沥、三联、五联民兵和抗日群众一起参加，破坏敌人的铁路运输线。

谁知，民兵带来的农用锹镐怎么也对付不了又长又硬的铁道，费了九牛二虎之力，才起下一个道钉。何通急了，叫大家开动脑筋想办法，献计献策。黄友建议道："不如把人分成几个小组，四个人一组，两个人挖枕木下的石子，两个人捡干柴放到枕木下，点火烧！"

何通击掌道："友仔这个计策好，就这么办！"

于是大伙刨坑的刨坑，塞柴的塞柴。枕木表面刷着沥青油，加上下边的干柴，点火就着，整个铁路线成了一条蜿蜒的火龙，烟火冲天，烧到天明时，大部分枕木已被烧毁，然而铁轨还紧紧地连在一起。何通看到那一段段铁轨，可是上好的钢材，更是做军火的最好的原材料，便要求战士和民兵们一起，把铁轨扛起来运到根据地，再辗转运到东江纵队的兵工厂。同时沿广九铁路线开展各种机动灵活的破袭战，白天日军重兵把守巡逻频繁，严厉督促民工修路，架设铁轨，好不容易修好了一段，到了晚上，或者遇到恶劣天气，何通立即指挥部队，并在根据地民兵和老百姓的大力支持下，把日军好不容易修复的铁路全部拆毁。

由于连日作战，部队十分疲劳，这天夜里，冼麟的手枪队在清溪镇的三中村宿营，有几个新战士不懂群众纪律，拿了老百姓的稻草铺在地上准备休息，冼麟看见了，教育道：

第十四章

"共产党的队伍不拿群众一针一线,你马上跟我一起把稻草送回去。"

冼麟带着几个新兵找到老乡,那老乡见他讲着一口广东话,误以为是国民党的兵,冲上去就是一拳,打得冼麟后退了几步,同来的警卫员急了,要动手抓人,冼麟斥道:"哪有共产党的兵抓老百姓的?给我退下!"连忙给老乡解释,那老乡知道冼麟是共产党军队的干部,又见他宁肯让部队睡地上也不准损害群众利益,不由得十分感动,不仅把自己的稻草送给了游击队,还动员村里的老乡送来稻草让游击队员休息。

飞鹰中队转战在广九铁路之间,要不断地修筑工事。有一次,需要锯老百姓的一棵枣树,那家的老大娘舍不得,在那抱着树哭,这个大娘的儿子也是东江纵队的游击队员,但不在何通的飞鹰中队当兵。何通对大娘说:"您就把我当儿子,您想啊,如果用树修工事,就可以减少牺牲,您损失的是一棵树,却能挽救很多战士的生命。"大娘听了很感动,亲自拿刀把树砍了,送给了飞鹰中队。

敌我双方围绕广九铁路的斗争如火如荼,其中天堂围火车站是敌我双方争夺的焦点,敌人在此吃过大亏,不敢驻兵把守,飞鹰中队和民兵便在铁轨连接处放炸药炸毁铁路。白天敌人赶来修好,晚上又被飞鹰中队炸坏,如此反复地和日伪军斗智斗勇,使得日军苦心经营的广九铁路线,一直像一条遍体鳞伤的"死蛇"一样瘫痪在那里动弹不得,成为日军的心痛之路。

在炸铁路的同时,飞鹰中队还广泛发动群众挖公路,得到群众的积极响应。村民们纷纷丢下田里的农活,妇幼老孺齐上阵,在平(湖)公路和塘(沥)天(堂围)公路上每隔一段距离,就挖一个深2米、长5米、宽3米的大坑,使日本侵略军的运输车无法通过。民兵则在淡(水)平(湖)公路上炸毁了2座桥梁,将沿路的电线杆悉数锯断,剪电话线2000多斤,这电话线那可是宝贝疙瘩,大家没舍得扔,全部带回了部队,凤岗周边一带的敌人一下成了瘫子、聋子、瞎子。

3

为确保广九铁路的顺畅,日军由从驻平湖的藤本大队和驻樟木头的长濑中队部队抽出一部分兵力,组成"物资收集队",强迫群众砍伐山上的松树和房前屋后的一些杂树,伐倒后堆放在公路边,再由汽车运到樟木头和塘厦,用来修换广深线的枕木和解决开火车的燃料问题,上级命令飞鹰中队主动迎敌,打击敌人的嚣张气焰。

何通带着冼麟等手枪队员来到清溪风吹莲村侦察敌情,恰逢有个老百姓跑来告知,说距清溪五公里的茶亭边停着几辆日军汽车,正逼老百姓装运木头,有十多名日军坐在茶亭里乘凉。

何通觉得这是消灭日本兵的好机会。于是便化装成农民,跟群众一起跑到茶亭,与日军杂坐在一起,日军没有觉察游击队员就在他们身边。

有个卖茶水的老乡认识冼麟,不禁吓得脸色发白,浑身发抖,冼麟递给他一个眼色,意思是叫他不要怕,又叫他拿花生米一块儿吃,以稳定他的情绪。

不一会,一个佩军刀的日军头目站起来说:"开路,开路!"

鬼子兵纷纷起身,正要走出茶亭。何通立即示意,手枪队员一齐拔出手枪走上去顶住日军,何通用日语喊话:"缴枪不杀!"日军头目拔出军刀正想劈来,何通、冼麟一起开枪将他打倒,随后又接连撂倒几名日本兵。

顿时,茶亭里群众乱跑,手枪队员乘机又干掉两个鬼子,没有被打死的鬼子夺路而逃,有一个想开车逃跑,被冼麟发现,他马上打开驾驶室的门,按住鬼子的头,鬼子拼命挣扎,又想伸手去拿枪,冼麟眼疾手快,一枪将鬼子打死。

这时,茶亭对面的水田里,一个战士正与一个鬼子抱成一团,在泥水中翻来滚去,打得不可开交。

冼麟跑过去相助,可是公路边横着一条水沟,跳不过去,眼看那个日军正翻起身来拔刀要刺战士,说时迟,那时快,冼麟立即朝日军连发三枪,日军应声而倒,当场毙命。

至此,在茶亭附近的日军全部被歼灭,共击毙八人,击伤两人,击坏汽车三辆,缴获三八大盖枪数支,但我方牺牲一名手枪队员。

日军头目偷鸡不成反蚀把米,不由得恼羞成怒,率部侵犯清溪，意欲砍伐银屏咀山的大松树。日军每天早上坐汽车到清溪的粤边集合，然后再上山砍伐树木，等到傍晚再将这些木材拉走。

何通经过分析认为：长濑中队的任务是以抢木材为主，那战斗戒备就会相对松懈，这给游击队留下了奇袭的好机会，于是决定主动出击，打鬼子一个措手不及。

4

1944年5月5日深夜，飞鹰中队及土桥、青塘民兵到钳口贲小山后埋伏。何通检查了一下部队，然后仰躺在地上思索着什么，只见深蓝色的天空中镶嵌着密密麻麻的小星星。星星像一群群可爱的孩子，眨着眼睛围着月亮婆婆，好像在听她讲故事。群山的夜晚是宁静的，小草打着哈欠昏昏入睡，花儿收拢了花瓣进入了甜蜜的梦乡，禾雀花树静静地睡着了，鸟儿不再歌唱，知了不在鸣叫。只有风还在调皮地嬉戏。大自然沉浸在酣梦中，静悄悄地孕育着一个不安宁的黎明。

冼麟让黄友带着小鬼班前去侦察，黄友等人轻悄悄地匍匐着靠近日本兵下车集合的场地。经过一番侦察，他们没发现敌人，黄友遂向冼麟挥臂示意安全。冼麟跳起来，命令道："留下一个班警戒，其余的人全部去挖坑，挖得越快越好！"何通也翻身而起，说："准备好炸药包！"

队员们都是穷苦农民出身，挖坑对他们来说是件再简单不过的事,大约个把小时后,两个坑已经挖好。何通见状道:"埋雷!"

冼麟是个爆破能手,他把两个分别装有二十公斤炸药的炸药包和一些鹅卵石放在坑里,布成了一个特大的地雷阵。安放好后,又在坑上面盖上厚木板,木板上再铺上土和一些草,看上去与平常没什么两样。

部队原路退回原埋伏点,静待黎明的到来。

此时四周的景色还是朦朦胧胧的,只能看见模糊的轮廓。但随着晨光慢慢拉开帷幕,远处的房舍、村庄、河流、山峦都清晰起来,飘在半山的薄雾如白纱一样轻轻流动、升腾。

突然东面山顶的云朵染上明亮的金色,一轮鲜红的朝阳喷薄而出,顿时霞光万道,天大亮了。

按道理,这个时间日本鬼子应该集合了,可是今天迟迟不见人影。何通甚是焦急,于是再派黄友上前去侦察。黄友狸猫一样伏窜到路上,然后趴下身子,侧着脸把耳朵贴在地面认真地倾听,不一会儿,远处传来阵阵杂乱的脚步声,黄友急忙跑回来向何通报告:"报告队长,敌人来了,是脚步声,没有汽车。"

"奇怪,难道日本鬼子今天不用汽车运送士兵了?"大家都陷入了疑惑。

黄友道:"那脚步声很杂乱,不像鬼子的那么整齐划一。"

"这……"何通更加迷惑了，只好说，"大家注意埋伏，静观其变。"

没过一会，浩浩荡荡的队伍进入了"飞鹰中队"的视线，竟然是一百多名群众，他们拿着锯子、斧子和铁锹之类的砍伐工具。

何通看了心里暗暗叫苦，他什么都想到了，唯独没想到鬼子会强迫这么多群众来砍树。

鬼子把群众赶到安放地雷的地方集合，何通的心一下吊到了嗓子眼：这么多的群众就站在地雷的旁边，该怎么办才好？

这时黄友指了指路上说："队长，汽车来了，还不止一辆！"

五辆汽车气势汹汹地开进了场地，从汽车上跳下四十多个鬼子，他们配备有五挺机枪。这四十多个鬼子站在埋有地雷的坑面上集合。

此刻，若是飞鹰中队点着引信，一百多个老百姓就会与四十多个日军同归于尽。面对这突然出现的情况，何通与冼麟等人研究后，决定不引爆地雷，宁可放弃这次歼灭敌人的难得机会，也绝不能伤害自己的骨肉同胞。

所有的人都捏了一把汗，何通果断地说："我们宁可放弃这个机会，也绝不能伤害任何一个群众。"

经过研究、飞鹰中队决定不起爆地雷，继续隐蔽。他们就这样眼睁睁地看着敌人分头把群众押走了，直恨得咬牙

第十四章

切齿。

埋伏待敌的时间是漫长而焦灼的,中午时,黄友提议道:"队长,你们不如先撤吧,我和天聪在这看着就行了。"

何通和冼麟等几个干部商量了一下,觉得今天的战机已失,于是决定撤回主力部队,只留黄友和傅天聪继续侦察。

何通带领部队没撤回多大一会,七八个日本兵打着枪,踏着小碎步一路小跑过来。傅天聪眼尖,连忙小声说道。"黄友仔,你看,日本鬼子来了!"

这队日本兵跑到平时集合的场地停了下来,围成一个大圈站定。

"他们这时候来这块空地,是准备干什么呢?"黄友小声地自言自语道,双眼睁得圆溜溜地仔细观察。

只见鬼子队伍里走出两个背着工具箱的敌人,俯在地上听。傅天聪皱着眉头道:"完了,估计敌人发现了地雷。"

"他们要是发现了这件事,肯定会想尽办法打击报复我们的。天聪,你先继续在这观察日本鬼子的动向,我得赶快回去通知队里。"黄友说完就赶紧往回跑,一步都不敢耽搁。

果不其然,当天夜里,日军就出动兵力包围了游击队驻地,幸亏黄友的情报及时,飞鹰中队早就全部撤离,转移了阵地,敌人扑了个空,不过我军的埋雷计划也失败了。

但埋雷计划却给日军造成了巨大的心理威慑,日军连作息时间都改了,以前是早出晚归,现在是晚出早归,生怕遭到伏击。尤其是在砍树时,砍一根树就要检查十棵树的范围,唯恐倒下的树枝绊响地雷。强迫来砍树的村民们趁机怠工,砍的树越来越少,鬼子也无可奈何,将这些砍来的木材堆积在沿公路各点,派伪军看守。飞鹰中队在地下党的支持下,深入发动群众,争取部分伪军加入游击队。于是,白天,群众被日寇强迫砍伐祖辈栽下的大树时慢慢吞吞地"磨洋工"。夜晚,同样是这些群众,则轻快麻利地将这些木头每根都拦腰锯断,然后依旧堆好。过了几天,日军头目亲率车队来装木头,他看到木头"完好无损",龇牙咧嘴地笑了。可是,日本兵动手一搬,根根木头都"咔嚓"一声断裂开来。这一下,气得日军头目目瞪口呆,竟坐在地上捶胸大哭。日寇最终无法完成砍树任务。

日寇日军头目部队侵占清溪三个多月,遭飞鹰中队连续打击,伤亡惨重,松树也砍不下去了,被迫仓皇逃回樟木头。日寇在广九铁路上因枕木奇缺,又遭东江游击队各部队不断破袭,始终不能顺利通车,因而使打通"大陆交通线"的企图成为泡影。

5

日军不甘心失败,为肃清广九铁路通路障碍,1943年秋,日军发动打通广九铁路的战役。日军第23军第104师团向广九铁路沿线进攻,国民党第12集团军独立第九旅徐东来支队一枪未放便仓皇溃逃,日寇轻而易举占领广九铁路中段要地。此后，日寇即向大岭山、阳台山抗日根据地大举进攻，企图一举消灭我东江纵队主力。

11月18日凌晨，驻莞城、石龙、太平的日军以及伪军第30师等共9000余人，展开所谓"万人大扫荡"，采用所谓"铁壁合围"战术，兵分三路，从多方向向我大岭山区根据地发动进攻：第一路由日军第104师团2个联队，由常平、樟木头、平湖出动的日伪军从东面向大岭山推进；第二路由莞城、太平和桥头出动的日伪军分别从北、西、西南扑向大岭山；第三路由伪军第30师进至大岭山以南东莞、宝安一线，隔断大岭山和阳台山根据地之间的联系，企图将游击总队逼进大岭山中心区，形成铁壁合围，欲一举歼灭我东江纵队，最终控制广九铁路全线。

当日拂晓，王作尧率珠江队从大岭山开赴阳台山，在莲花山与日寇一个大队遭遇，打退日寇多次冲锋。8时许，日寇两个大队增援，为避免损失，珠江队撤回大岭山。第3大队在远丰村前与敌接触激战，在毙伤其50余人后，亦转移至大岭山北侧。

滦南队1000余人被日伪军包围在纵横10余公里的大岭山中，日伪军严密封锁所有交通要道，在沿山边缘村庄驻兵扼守，设岗放哨，形成铁壁合围的态势。三架日机绕着大岭山上空侦察，不断发出信号弹，撒下"劝降"传单。

此时坚守在怀德附近远丰村后山的第三大队黄布中队一个班9人，控制村后一个高地，连续打退日军多次进攻，从早晨战斗到中午，全班有6名战士英勇牺牲，敌人的进攻也被遏制住。

下午二时许，敌人暂停了进攻，等待后援并调整部署，当日未再进攻，这正好给了游击队突围的准备时间。

面对日伪军的重重包围，王作尧率几名干部登上马山观察，进一步弄清敌情，一起研究敌情，分析日伪军铁壁合围、先围后攻的惯用战术，讨论挫败敌人进攻的方案和措施。

最后，王作尧作出做战部署：一、如果敌人当日发起攻击，我方即利用居高临下有利地形，大量杀伤敌人，以空间换取时间，必须坚持到黄昏，白天不管怎样也不能突围；二、如果敌人当日不进攻，我侦察兵要侦察准敌人兵力部署情况，选择好突围路线，利用夜暗，进行突围；三、民兵和群众离开大岭山，转移到山下，实行坚壁清野。同时命令部队分别向三个方向突围：第一路由王作尧、杨康华、邬强率彭沃大队，抄小路翻越水濂山，到杨西地区的大雁塘、山门之间，尔后进入篁村地区莞太公路附近的大圳埔村周围的甘蔗地隐蔽，休息待命；第二路由卢伟如率领第三大队经大雁塘、榕树界中间向莞樟公路开进，进入莞樟公路线温塘地区活动。第三路由黄布负责，经大迳、张家山附近，进入莞太公路线的桥头白濠村隐蔽待命。

各路突围部队收到命令后，束好行装，静待时机。

夜幕终于徐徐降临，突围开始。此时忽然刮起四五级西北风,茂密的树林不断发出沙沙声,为突围行动提供了天然掩护。各路游击队利用天时地利,翻山岭、抄小路、过河沟,神不知鬼不觉地从敌人眼皮底下钻出包围圈,敌方丝毫没有察觉。

19日拂晓,日伪军向大岭山发起总攻。敌飞机、山炮、迫击炮不停向山上猛轰,到处浓烟滚滚、尘雾弥漫。一股股敌人在各色信号旗的指挥下向山上爬去,至下午终于爬上山顶,却连一个游击队员的踪影都没见到。

敌合围扑空后,在大岭山的金桔岭、大迳、寮步等地设立据点,修筑堡垒,建立伪政权,留驻部分部队继续扫荡,其余部队将扫荡锋芒转向阳台山根据地。

我军胜利突围后,在民兵、群众的积极配合下,立即展开反扫荡斗争,采取"敌退我进"的战术,从多方向袭击敌人。卢伟如指挥的第三大队主力以温塘为基地,挺进到莞樟线,出击茶山、横沥、樟木头,破坏广九铁路交通和通信联络,粉碎了日军企图打通和确保广九铁路行车通畅的计划;王作尧副总队长率珠江大队返回宝安,活动在广九铁路两侧,给驻东莞日军以有力的牵制和威胁;第三大队的黄布中队和手枪队,以水濂山为基地向东莞城出击,连续伏击日伪军的粮食和物品供应线,并在莞太线游击区击溃水乡伪军1个团,俘虏1个排,使莞城、石龙的日军大为震动。

敌人恼羞成怒,于11月22日再次组织日伪军500余人,采取多路围攻战术,扑向阳台山根据地中心的龙华、乌石岩地区。驻阳台山的宝安大队和已转移至此的珠江队,在广大民兵和群众配合下,采取伏击、袭击、阻击等战法,在龙华、乌石岩、观澜、布吉、南头等地灵活机动地与敌周旋,使敌晕头转向,连遭打击。特别是大水坑、黄田两次伏击战和广九铁路林村车站袭击战,歼敌数十名,缴获战马数匹,炸毁敌车站部队。东江纵队及其他部队采取部队与群众结合、内线与外线结合的战术,不断打击敌人:袭击宝安县西乡日寇机场,炸毁日机2架;袭击莞太线厚街据点,俘配合日寇扫荡的伪护沙队120人;袭击广九线横涩车站,消灭驻站伪联防队。游击队还频繁骚扰敌据点,有时白天到据点周围放冷枪,吓得敌不敢出门;有时半夜摸到据点外放一串鞭炮,令敌风声鹤唳、草木皆兵,整夜不得安宁。

　　日伪军连遭打击,难以在大岭山、阳台山立足,只好于12月底狼狈撤退。由于广九铁路枕木奇缺,又遭受东江纵队不断打击,因而始终不能顺利通车,他们打通大陆交通线的企图最终成为泡影。至此,日寇以打通广九铁路为目标的"万人大扫荡"行动彻底破产。日本《每日新闻》无奈哀叹:广九铁路广州至香港间是"治安之癌"。

第十五章

1

自1941年日军侵占香港后,即把启德机场扩建为轰炸和威胁中国沿海及内地、控制南太平洋上空和海域的基地。

1943年秋,盟军制订了空中打击日军驻港重要补给和军事基地的计划。为准确有效地炸毁日军这一基地,英、美盟军曾几次派出情报人员,花了3个多月的时间深入港九地区对机场进行调查和实地侦察,但一无所获。为此,他们通过英军服务团副团长何礼文出面,与东江纵队取得联系,要求其协助去日军重要的军事目标附近拍摄照片。

接到任务后,东江纵队经过一番周密部署,派人背着摄影器材,趁天色未亮登上观音山,居高临下,以极佳的角度拍摄了日军启德机场、铜锣湾军火库、鲤鱼门军营等主要目标。

1944年2月11日,美军第14航空队"飞虎队"奉命率部轰炸启德机场。

上午9时许,在20架战斗机的护航下,第14航空队的12架轰炸机从广西桂林基地出发，对启德机场实施突袭。29岁的中美联合空军飞行指挥员兼教官唐纳德·克尔中尉也在护航队伍中，他驾驶着一架P-51野马式战斗机，随整个轰炸机编队向启德机场飞去。

2

此时飞鹰中队已从凤岗转战至大岭山，部队在驻地进行休整。这天早上，黄友跟中队长何通请了假，到附近的山头上去转悠。

太阳虽然很高了，但密密的山林中还有未晒干的露水，空气里充满着清新的水汽和草木的芬芳。灿烂的阳光透过枝叶的缝隙像金箭一样射进来，使得整个山林绚烂而斑斓。小鸟在这片光影中穿梭、飞翔、鸣叫，它们清澈而婉转的歌声随着山泉流淌，如同一首美妙的轻音乐在晨空中漫漾。

但这些美景对黄友来说是司空见惯的，无论是他的家乡凤岗或者是东莞的任何地方，睁眼即是美景。此时山林中的清甜静谧让黄友感到身心愉悦。他嘴里嚼着一根青草，哼着一首欢快的山歌。

突然，头顶传来飞机马达的轰鸣声，黄友连忙跑到高处，抬头看时，只见天上出现了九架飞机，他们分成三组，排成"品"字形向九龙那边飞去。

"这应该是鬼子的飞机吧？"黄友心想。自从香港沦陷

第十五章

后,鬼子占领了启德机场,每天有许许多多的日本军机执行任务,在启德机场起飞和降落。在战斗中他还多次跟日机交锋过,所以现在见到敌机也习以为常了。

飞机编队很快消失在云际看不见了。黄友怔了一会,他在想游击队什么时候才有我们的飞机,"轰隆轰隆",远处突然响起了炸弹爆炸的声音,犹如打雷一般。

"这是怎么回事儿?"黄友心里疑惑,响声应该是从启德机场传过来的,他突然想起了前段时间何通队长和他提过,近来有一批美国的空军来中国支持中国抗战,驻扎在桂林。不会就是这些美国的空军飞去炸启德机场吧?这样想着,他再去听那一声声的爆炸声,心里感到特别高兴,可是那爆炸声响了一阵子就停止了,他长长地叹了一口气,遗憾至极地说:"怎么不多炸一会儿呢?把飞机场的小鬼子给我全炸死!"

这时天空中又出现了几架飞机,正从九龙的方向飞回来,其中几架涂成黑色的飞机在追赶最前面的一架飞机,还"嗒嗒嗒"不停地扫射着。

飞机打飞机,黄友可从来没见过,他吃惊地躲在树后面,目不转睛地盯着,只见那架被追赶的飞机像一只灵活的鸟儿做出各种动作躲避着炮弹,黄友不由得看得目瞪口呆。

突然,这架飞机被击中了,在天空中翻了几个筋斗,冒出了滚滚的黑烟。转眼间,就拖着长长的黑尾巴,从空中呼啸着栽了下来。"轰隆"一声巨响,落在南边的山后面。

3

在飞抵目标区域展开空袭时,"飞虎队"遭遇日军猛烈攻击,空战进行得十分惨烈。战斗中,克尔驾机与数架敌机进行空中厮杀,成功击落两架日军战斗机。但当克尔盘旋着寻找目标准备再次战斗时,却被后方突然出现的敌机击中,飞机油箱不幸中弹起火,凶猛的火苗迅速烧着了他的衣服和头发,克尔无奈之下只得弃机跳伞逃生。

黄友看着飞机栽下来,心里不禁为飞行员捏把冷汗。但忽然又看到一朵像白云一样的东西飘了过来,"降落伞!"他大叫出声。这白色的降落伞被风一吹,飘过了他的头顶,轻轻地落在南边一条深深的山谷里。

黄友不知道落下来的是盟军还是敌人,犹豫片刻后,他决定去看看,于是快步向降落伞落下来的地方跑去。

刚到半山腰,突然听到一阵摩托车突突的声音,黄友站定一看,只见不远处的一条小路上开来一个摩托车队,那黄牛屎一样的日军军服黄友一眼就瞅了出来。

"不好,是盟军飞行员!"黄友惊叫了一声,他兔子一样加快了速度,此时他心中只有一个念想:赶在鬼子之前找到飞行员。

山沟坡陡林密,棘条划破了黄友的衣服和皮肤,但他全然不知。白白的硕大的降落伞落在一片绿丛中,格外夺目耀

第十五章

眼。黄友很快就发现了目标,他看到一棵大树后面有一个身材高大的外国士兵正在紧张地收拢降落伞。

黄友小心翼翼地接近,虽然他已断定不是日军飞行员,但还是要谨慎。他大气也不敢出,利用小树慢慢靠近,一步……两步……走到离那个人两三米远的时候,黄友终于看清了他的外貌。

这人身材高大,有一米九几,站在那里像一棵粗壮的树木。一头金黄色的头发,像波浪一样卷着,看上去就像一头金毛狮子。他身上穿着一件黄色皮夹克,一条腰带斜挎着,别着一支手枪。一顶青灰色的像毡帽一样的帽子落在草丛中,就像一片凋败的枯荷叶。

是盟军飞行员确定无疑,这令黄友喜出望外,同时也夹杂着几分新奇,因为这是他第一次接触外国人。他想立即冲出去,但又怕引起误会,于是摘下几个野果轻轻扔过去。

惊魂未定的克尔听到动静,回过头来,只见从一簇草丛中探出一张圆嘟嘟的脸来,脸上挂着和善的微笑。克尔定睛细看,原来是一个十四五岁的少年。

"喂!你是来救我的吗?"

但克尔的英语黄友一个字也听不懂,他见克尔对自己放松了警惕,连忙跳出去,敬了一个军礼。

看到黄友的军礼,克尔彻底放心了,他知道这是战友,也回了一个军礼,然后伸出蒲扇一般的大手,紧紧握住了黄友的一双小手。黄友向日军追来的方向努了努嘴,克尔立刻懂了,随着黄友沿着一条山溪走去,黄友不停地用"之"字形在溪谷两边穿梭——这是黄友学到的反侦察能力,他怕鬼子带来了军犬,而溪水可以很快冲淡人体留在空中的气息,这样可让军犬失去方向,迷惑敌人。

走了约一里多路,黄友带着克尔钻进一个山洞中。这山洞极其隐秘,离洞口不到半米处挂着一道小瀑布,小瀑布后面又垂着一道厚厚的茂密的青藤,把洞口覆盖得严严实实,像一个天生的水帘洞,外人根本无法发现。

黄友把克尔安顿在洞里,示意他不要乱动,然后飞奔下山去搬救兵。

4

黄友走后,藏在山洞里的克尔终于长长地松了口气,悬着的心放了下来。此时他感到浑身无力,身上的几处伤像沉睡的老鼠一样苏醒过来,开始张牙舞爪地噬咬着他,他忍不住哼了一声,这时他又感到口干舌燥了,于是忍着剧痛爬到洞口,用藤蔓引水滴进嘴里,清凉甘甜的山泉使克尔精神一振,便翻身坐起,倚在洞壁上,听着外面潺潺的溪水声,不由得陷入深深的回忆。

他所在的飞虎队(Flying Tigers)的正式名称是美国志愿空军大队,也称中国空军美国志愿援华航空队,因其插翅飞虎的队徽和鲨鱼头形的战机机首而闻名。

抗日战争爆发后，中国空军在战斗中消耗很大。为改变这种被动局面，中国向美国提出，希望美方提供飞机、人员等支援。当时美国尚未对日宣战，1941年4月15日，几经波折之后，美国总统罗斯福签署了了一个未公开发布的命令，允许美国陆军、海军的预备役航空人员参加美国志愿航空队，纳入中国空军序列，赴中国参战。

1941年年12月20日，驻越南的日本空军10架轰炸机轰炸昆明，被志愿队击落3架，重伤3架，志愿队首战告捷，人们将骁勇善战的志愿队誉为"空中飞虎"，飞虎队因此得名。

这些辉煌的记忆令克尔忘记了恐惧，他相信那个勇敢的中国少年能顺利救他出去。几缕阳光透过藤蔓密密的缝隙直射进山洞，像一条条金线照在克尔身上，他拿出了随身带着的速写本，对着阳光，拿起炭笔画了一个圣母像和围绕着圣母飞着的小天使，他准备把这张画留给黄友做纪念。

5

日军当天搜寻无果，又进一步加大了兵力，动员全港宪兵、伪警、警备队等千余人，对广九铁路一带的根据地进行严密的封锁和扫荡。

眼看形势日益危急，东江纵队又派了港九大队短枪队的五名队员和黄友的小鬼班前来保护克尔。由于山脚下到处都有日军驻扎，只有等太阳落山了才能下山找些吃的给克尔带回去。参与营救的小鬼班战士因为担心克尔吃得不够饱,还偷偷将自己的生活费全部拿出来买了饼子和麻糖给他垫肚子,这令克尔感慨万端。

为顺利营救克尔,也不让无辜百姓再受折磨,东江纵队决定声东击西,对日军重要的据点进行袭击破坏,这样兵力有限的日军不得不撤回部分搜捕人员。

就这样,我军与日军展开了长达40余天的"克尔争夺战",虽然敌我兵力悬殊,敌军包围封锁严密,搜捕时间持久,但在东江纵队的严密保护下,克尔还是顺利地脱离了危险。

1944年3月29日,东江纵队司令部派人护送克尔回到桂林美军第14航空队基地。临走之时,克尔赠送给东江纵队曾生司令员一枚航空章,之后又将自己画在香烟盒背面的逃生经过连环漫画和一封感谢信赠送给了东江纵队。克尔在感谢信里深情地写道:"谢谢你们挽救了我的生命,使得我能够继续我的工作。我真诚地希望你们中的每一个人,男、女或年轻的,把它看作是来自我心中的感谢。中国的抗日战争已赢得了全世界的钦佩,我们美国人为能与你们像兄弟般地共同作战而感到骄傲。无论是战时,还是和平时期,我们将永远同你们同志般地相处。"

克尔成功脱险约半个月后,美国第14航空队派出一个情报组到东纵设立电台,建立情报合作关系,我情报人员打入香港日军宪兵部特工课,窃取了一份驻港日军的军用地图副本交给盟军，美军第14航空队根据情报再次派出飞机，使日军的铜锣湾军火库、启德机场、太古船厂等都遭到重创，十余架战斗机被炸，油库着火，两艘军舰被炸沉，鲤鱼门炮台和军营也遭到严重破坏，日军在九龙的军事力量遭到沉重打击。

  东纵出色的国际合作进而引起了美国的注意。大约在1943年末或1944年春，美国驻重庆高级顾问史迪威将军通过中共驻重庆办事处与周恩来谈判，要求派8个观察组到中共抗日根据地进行合作。不过至战争结束，成行的只有两个组：一个以包瑞德上校为首的观察组，派驻延安；一个由欧戴义少校（Lt.B. Merrill S. Ady）领导的观察组，来到东纵。而欧氏之来东纵又与美国飞行员克尔的获救有关。

第十六章

1

1944年1月21日,这天正是年关腊月二十六,油甘埔村虾公潭的乡亲们早早就出了门,兴高采烈地去三里外的塘沥圩置办一些烟、酒、鱼、肉、糕点、鞭炮之类的年货。

虾公潭是油甘埔村下面的一个小村落,土地肥沃,人丁兴旺,粮食充足,加之华侨也比较多,是凤岗有名的富庶村,所以每年的年货都比别的村办得丰富。

等到太阳跃山岗的时候,赶集的人们手提肩扛陆陆续续地回来了,女人们忙里忙外地收拾清洗,男人们忙着杀猪宰羊,最高兴的就数小孩子了,他们迫不及待地偷出几个鞭炮,躲开大人在房前屋后炸响几个,村里的年味渐渐浓了起来。

但是谁也不知道,一场灾难正在悄悄逼近。

藤本对虾公潭垂涎已久,一直虎视眈眈,隔三岔五地就派胡三平侦察虾公潭的情况。这天胡三平对藤本说:"太君,我

第十六章

们中国人有个风俗,叫'腊月二十六,杀猪割年肉',又说'腊月二十六,里外洗一洗'。"

藤本不解地问:"什么意思?"

"我们中国人的风俗,就是进了腊月二十六后就开始过年了。今天早上我刚刚侦察过,虾公潭今天除了办年货外,还会舞麒麟,我认为这是下手的绝好机会。"

"哟西!"藤本兴奋地拍了一下胡三平的肩膀,竖起大拇指说道,"你是皇军大大的朋友!"

藤本派了一个小队和伪军一个连,于拂晓前潜伏进虾公潭,乡亲们喜滋滋地各自忙活,竟然没发现敌人已埋伏在身边。

早饭过后,村里的年轻人敲锣打鼓地舞起麒麟来,全村的人都被吸引过来,聚在一起看热闹。藤本见时机已到,拔出指挥刀,呼啦一声,日伪军像狼群一样冲出,将村民团团包围。胡三平朝天开了一枪,热闹的喧哗声戛然而止,村民们愕然地看着突然冒出的日本鬼子,一时间蒙住了。

日军明晃晃的刺刀在太阳的照射下发出道道寒光,有小孩吓得哭起来。藤本狞笑着,对胡三平嘀咕了几句。胡三平挥着枪冲人群喊道:"现在分队,男的在左,女的在右。"又命令伪军,"挨家挨户把年货全收了,毛都不许漏一根!"

伪军进屋翻箱倒柜,弄得全村鸡飞狗跳。

藤本把全村的壮丁拘禁在村后的塘寮里,丧尽天良地又使用毒气熏焗,又把一些年轻的妇人用绳子串起来,准备带回平湖驻地，虾公潭顿时变成人间炼狱。

一个村民趁乱逃了出来，飞跑到官井头的嶂厦村，他曾听说飞鹰中队隐藏在此地，此时他也顾不了虚实真假，疯了一样在嶂厦的山里大声呼救。正所谓"天无绝人之路"，这位村民疾厉的呼叫声恰好被何通和冼麟听到了，二人连忙闪身出来，问老乡道："你是干什么的？找游击队干什么？"

这老乡见何、冼二人挎着手枪，知道是游击队，就上气不接下气地报告了情况。

何通听完报告，又详细询问了敌情，马上召集干部碰头开会，商量办法。冼麟忧虑地说："队长，这次日本鬼子可是装备齐全地来的，不仅兵力多，还带着迫击炮等重武器。而咱们总共才有四十八个人，一挺机枪，二十多支步枪，这仗怎么打？"

何通沉思了一会，毅然说道："我们虽然装备不足，但我们是共产党的队伍，现在群众陷入敌手，危在旦夕，我们不能见死不救。为了解救被抓的乡亲，打击日寇的嚣张气焰，这仗一定要打！"

"对，我们一定要把乡亲们救出来！"其他几个干部异口同声地说道。

何通对冼麟说道："那赶紧集合队伍，带齐所有装备，即刻出发。"

冼麟点点头，三步并作两步跨出房子，急促地吹起哨子，不到五分钟，飞鹰中队全员到齐。

第十六章

何通简要地介绍了虾公潭的情况,然后强调说:"敌强我弱,我们一定要隐蔽接敌、突然袭击,趁敌慌乱,救出群众。切记:动作要快,火力要猛,不可恋战。"战士们听说要打藤本救乡亲,个个斗志昂扬。尤其是黄友的小鬼班,更是摩拳擦掌,群情激昂,恨不得插上翅膀飞到战场。

2

官井头距油甘埔距约两公里,救人如救火,飞鹰中队急行军跑步前进,约十分多钟后,已接近油甘埔,眼前出现一大片甘蔗林。何通传下命令,部队不能穿越甘蔗林,以免弄出声响被敌人发现,于是战士们猫着腰从田埂下穿过,顺利抵达虾公潭东南角,刚好此处有一道隆起的土坡,何通让部队稍作休息,自己拿出望远镜侦察敌情,只见鬼子正在一个禾场上胡吃海喝,东南角支着三挺轻机枪和两门小炮,但没有鬼子看守。被抓去的群众被集中在北侧,分成两拨:年轻的妇女站在右边,老年人和孩子站在左边,中间是鬼子抢来的鸡鸭猪牛,这些牲畜也感受到了异样的气氛,不安地叫着,和鬼子呜哩哇啦的吼叫混在一起,场面一片混乱。何通的望远镜向左移,发现一头牯牛拴在一棵碗口粗细的树上,牛角上竟绑着一面太阳旗,那牛非常不自在,不停地晃动脖子想甩落它,于是太阳旗像一面吊幡似的跟着晃动,何通看到这滑稽的场面不由得轻轻笑出了声,旁边的黄友想问又不敢问,只好瞪大眼睛仔细观察禾场上的情景,突然,他发现塘寮的巷子里有两个人影在移动,忙捅了捅何通,一指塘寮方向,说:"队长你看!"

何通用望远镜察看了一会,说:"是两个鬼子在放哨,乡亲们应该就关在那儿。"

侦察完敌情后,何通开始部署战斗任务,他把几个干部召集在一起,小声说:"我们兵分三路:我率主力部队正面攻击;冼麟率手枪队从右面的小山迂回,插进村里打,趁机放走老乡;黄友的小鬼班去塘寮救人;机枪手在右侧的巨麻石山上进行火力支援。大家务必记住:要猛,要狠,不给敌人喘息的机会。马上行动!"接到命令后,冼麟和黄友带队伍各自散去。

此时何通离禾场还有三百多米远,中间隔着一块开阔地,如果贸然冲上去,不仅起不到突袭的效果,可能还会增加无谓的伤亡。这时一个战士建议道:"队长,甘蔗林中间有一道排水沟,我们可从那里过去。"何通听了大喜,说:"这个建议非常好!"于是率队退到甘蔗林,循着水沟摸到禾场东边,此处离敌已不足一百米。此时敌人吃喝正酣,根本没注意到游击队已潜伏进来。

何通见敌人毫无防备,遂对几个老战士说道:"你们先缴了那几挺机枪和钢炮,得手后立即掉转枪口打敌人。"又命令其他队员做好战斗准备。

这几个队员都是身经百战的老兵,作战经验非常丰富,只

第十六章

见他们像爬山虎似的匍匐前进,刺溜几下就爬到了机枪和钢炮附近,然后一跃而起,抄起机枪就朝鬼子开火,霎时间,机枪、步枪的射击声响成一片,手榴弹的爆炸声震耳欲聋,战士们的冲杀声惊天动地。刚才还洋洋得意的鬼子,这时就像一群受惊了的牲畜乱叫乱窜,被抓的群众趁机四散而逃。鬼子还没回过神,游击队已打进村里。一个少佐鬼子军官挥着战刀,冲着乱成一团的日本兵狂叫,企图组织抵抗,被何通一枪撂倒在地。胡三平慌不择路,躲进一家民房里,被几个农民用叉子叉死。

冼麟带着手枪队从村后迂回,突然和从左边窜出来的一队日伪军遭遇,敌人的火力封锁了前进的道路。为避免重大伤亡,冼麟当机立断率部队绕道冲击,这时何通正好从后面追来,与敌展开巷战。鬼子见势不妙,拥着藤本一窝蜂似的向村外逃窜。游击队边打边追,刚追到村边的一条小河,不料有一群鬼子突然从石甲牌山向游击队猛烈射击,小炮、机枪打个不停。冼麟率着手枪队冒着敌人的炮火跃进,抢占了左侧的一个小山坡,与敌人展开激战。

与此同时,黄友的小鬼班沿着一条小沟悄悄潜伏到塘寮,只见塘寮门口两个日本哨兵正紧张地在那四处张望。黄友小声对战友们说道:"我先去对付两个鬼子,你们去救人。"傅天聪担心地问:"你一个对付得了两个吗?"

黄友拍了拍傅天聪,胸有成竹地说:"没事!"他跳出小沟,端着那支缴来的三八大盖像只小老虎一样冲上去。左侧的一个日本兵发现了黄友,刚站起身,就被黄友砰的一枪放倒,右侧的日本兵吓了一跳,慌忙之中竟忘了拿枪,赤手空拳地跑上来跟黄友肉搏,从后面扼住了黄友的喉咙,黄友个子小,越挣扎鬼子勒得越紧,只勒得黄友满脸通红,一口气都提不上。黄友一急,脑里灵光一现,利用身高的差距,一拳向鬼子的裆部砸去,不偏不倚,正中要害部位,只听鬼子大叫一声,捂着裆部痛苦地蹲了下去,黄友趁机一刺刀扎下去,结果了这个日本鬼子的狗命。

就在黄友与日本兵搏斗的时候,大病初愈的李查理也在与一个逃过来的日本鬼子殊死相拼。李查理手中的刀和日本兵的刺刀架在一起,两人你压我的,我压你的,李查理本就力小,加之身体虚弱,此时他使出了吃奶的劲儿,整个手臂都青筋暴起,双腿在微微颤抖,情况十分危险。黄友看到后,从鬼子背后一刀把他捅了个对穿,将敌人杀死。其他队员此时已将塘寮的大门打开,乡亲们互相搀扶着走出来,其中一个乡亲说道:"里面还有两个被熏晕的人没出来。"黄友听了,急忙说道:"大家用手捂住鼻子,冲进去救人。"大伙齐心合力将这两个不省人事的老乡救了出来。

在救完被关在毒气室的村民后,黄友和小鬼班的战友拔脚便往石甲牌方向跑,准备去支援那里的战斗。当路过一户人家的门前时,忽然听到一个女孩子撕心裂肺的呼救声。黄友一脚踹开门,只见一个日本鬼子把刺刀架在小姑娘的脖子上。这姑娘吓得浑身直哆嗦。黄友见状大喝一声:"放下枪,饶你

第十六章

不死!"日本兵回过头,看见是一个小毛孩子端着枪在瞄准他,十分不屑地笑了,用蹩脚的中文说道:"就你,也想杀我?"一边说,一边把刺刀在小姑娘的脖子上顶了顶,小姑娘颈上立刻渗出一丝鲜血来。日本兵狞笑着,恶狠狠地威胁黄友道。"你再过来,我就一刀捅死她!"黄友心想自己如果不能一枪将鬼子毙命,那么这个鬼子手中的刺刀就有可能刺下去,得想个其他方法转移他的注意力才行。突然,他灵机一动:小日本就算会中文,难道他还会我们广东的方言不成?于是,他用粤语小声地对小姑娘说:"待会我一动,你就立马往后退。"小姑娘不敢点头答应,只能眨眼示意听懂了。日本兵皱起眉头,凶神恶煞地骂道:"巴嘎雅路,不许说话!"黄友趁他说话分神的机会,忽然踢起脚边的一个瓶子,瓶子准确无误地砸倒一个小花盆,小花盆掉在推车里的铲子把上,装满石灰的铲子反弹,正好把石灰全部撒到日本兵的脸上和眼睛里,灼得日本兵的眼睛像火烧一样痛,扔掉枪捂住脸鬼哭狼嚎,小姑娘趁机躲到了一旁,尹林眼疾手快,弯腰捡起鬼子的枪,砰的一声正中胸脯,鬼子抽搐了几下就一命呜呼了。小姑娘惊魂未定,坐在角落里瑟瑟发抖。黄友见状,将武器交给尹林,上前轻声细语地安慰小姑娘道:"小妹妹,不要怕,已经没事了!"在他的安抚下,小姑娘渐渐镇定下来。黄友把她送到安全的地方安置好,就立马又投入了战斗。

此时石甲牌的战斗已接近尾声,战士们利用村左侧小山坡的有利地形狠狠地打击敌人,被救的村民也拿着鸟铳、锄头、铁锹等武器呐喊着冲过来，藤本见势不妙，仓皇逃向平湖方向。何通下令停止追击，撤离战斗。

这一仗，游击队以少胜多，打死打伤十多名鬼子，其中还有一名军官，缴了几支枪，消灭了土匪胡三平，救出了被抓的群众，夺回了乡亲们的年货，灭了日伪军的威风，大长了抗日军民的志气，许多群众抬着鸡鸭猪鹅慰问部队，极大地鼓舞了军民的抗日斗志。周边的青年踊跃参军，部队一下壮大到一百多人，小鬼班的队伍也壮大了。

逃回去的藤本向上级报告说，他们遇到了一个少年将军，能在万人之中取敌将首级，他带领的一群娃娃兵，如同天兵天将，锐不可当，个个都能以一当百……藤本的上级虽然半信半疑，但是听着部下的描述，心中不免惊慌："什么时候，曾经战无不胜的皇军连一群娃娃也打不过了？"

战后，黄友正式被任命为小鬼班班长，李查理为副班长。小鬼班作战勇敢，纪律严明，成为飞鹰中队的"老虎班"。

3

但小鬼班的战士毕竟是一群未成年的孩子，虽然在战斗中都能团结一致杀敌，但在生活中偶尔还是会使一些小孩儿心性。比如黄友当班长就令肥仔很不服气。

肥仔才十三四岁，跟黄友都是凤德岭村的，也姓黄，还长

第十六章

黄友一辈。这天早上,黄友带队出操,肥仔故意掉队,两人就吵了起来。肥仔气嘟嘟地道:"别以你当了班长就了不起!我永远都是你叔,你是我侄子!"

黄友命令队伍停下来,说道:"在革命队伍中不讲辈分,只讲上下级。"

肥仔嘴一撇,嘲笑道:"哟,当了个小班长就六亲不认了!"

两人的争吵声传到了何通的耳朵里,他把两人叫过来教育了一番,但感觉到肥仔的心结还是没打开,担心影响小鬼班的团结,于是和冼麟商量。冼麟笑道:"他们那点矛盾吧,其实就是使小孩子性儿,不打紧!"又长叹了一口气,沉重地说道:"要是国泰民安,小鬼班的这帮孩子还在父母膝前撒娇哟!"

"所以我们一定要消灭一切敌人,给我们的子孙后代一个幸福安定的生活!"何通坚定地说道。

冼麟看着黄友和肥仔的背影,忽然冒出一个主意来,点燃一根烟后说道:"老何,听说藤本在凤凰山上修筑工事,倒不如派黄友和肥仔一起去侦察侦察,让他们在相处的过程中明白一些道理,这样有利于解决他们间的矛盾,增加革命友谊!"

何通高兴地一拍巴掌,说:"这个主意不错,就这么办!"

黄友和肥仔接到命令,乔装打扮一番后就上路了。一路上,两个人都沉默不语,气氛有些尴尬。当走到一条岔路口时,肥仔提议说走右边的那条路比较近。黄友不同意,反驳道:"这是一条新路,情况不明,又比较陡峭,还是走原本设定好的路线吧。"

肥仔脖子一梗,犟道:"这条路我走过,比你熟。"

"但规定好的路线是走左边的。"黄友坚持说。

"路是死的,人是活的。"

"不行!我是班长,就得听我的。"黄友的态度很强硬。

肥仔一听更来气了,大声道:"你以为你是班长就了不起吗?我从来就没认同你这个班长!"

"军人以服从命令为天职!"

"切,还真把自己当成个官了!"肥仔冷笑一声,满脸不服地质问道,"为什么有近路不走,非要走远路?"

黄友深吸一口气,强压心中的不快,劝道:"新路线情况不明,怕发生意外。这次侦察很重要,我们首先要保证自己的安全。"

肥仔的牛脾气上来了,一甩手,不容商量地说:"那你走你的阳光道,我走我的独木桥。"掉头就朝右边的岔路上大踏步走去,突听"扑通"一声,肥仔掉进了一个陷阱里——原来这铺得平平整整的路下面是个大窟窿。黄友吃了一惊,赶紧跑过去趴在洞口对肥仔说:"不要慌,我想办法拉你上来。"

黄友起身还没来得及直起腰,头部突然遭到重击,他两眼

第十六章

一黑，顿时不省人事。

等到黄友醒来的时候，发现自己已经被倒着吊在了一间茅草屋里。对面，肥仔被五花大绑地绑在一根粗柱子上，脸上全是血。屋里有三个人，一个伪军坐在黄友的前面，另一个正拿着鞭子在肥仔面前来回地晃，还有一个日本鬼子跷着二郎腿坐在凳子上抽烟，一副得意扬扬的样子。

此时黄友的头还有点晕眩，他用力睁开眼睛，坐在他对面的伪军发现他醒了，狞笑道："小兔崽子，我让你醒醒神。"舀起一碗水泼在他脸上。黄友一激灵，人完全清醒过来，感觉头痛欲裂。

那伪军放下碗，蹲下身子问黄友道："说，你们是不是小鬼班？"

黄友喘息着道："什么大鬼班小鬼班，我不知道。"

"不说是吧？"伪军一脚踢在黄友的胸膛上，黄友的身体像荡秋千似的荡起来，他的头又开始晕乎了，耳里充斥着伪军恶狠狠的声音，"你不说，我让你的血都晃出来！"

黄友闭上眼睛，一声不吭，心里盘算着如何逃出去。

那个审问肥仔的伪军为了在日军面前表现自己，又狠狠地打了肥仔一耳光，揪着他的耳朵问："游击队现在在哪里？有多少兵力？说出来饶你一死！"

肥仔一口血水吐在伪军脸上，骂道："你个狗汉奸，飞鹰中队会杀了你！"

伪军恼羞成怒，用枪抵着肥仔的脑袋，吼道："信不信老子一枪毙了你！"

肥仔轻蔑地哼了一声，说："我死了祖宗会认我，你死了祖宗会惩罚你这个畜生！"

伪军的脸都气白了，一枪托砸在肥仔的小腹上，肥仔当即喷出一口鲜血，但哼都没哼一声，只是双眼死死地盯着伪军，伪军被他仇恨的目光盯得害怕了，讪讪地骂了一句，退到屋外抽烟去了。另一个伪军见状阴阴一笑，说："我就不信你们两个小鬼是铁打的！"抄起一根木棒正准备向黄友背上打去，突然，一个人推门走了进来，黄友睁眼看时，竟然是同村的黄狗仔。此时，黄狗仔也看到了黄友和肥仔，心里打了一声雷，强装镇定，和黄友对视了几秒，并没有打招呼，但那个日本兵贼精，将黄狗仔微妙的变化看在眼里，便问道："你们认识？"

黄狗仔连忙摇手，又上去敬了一根烟做掩饰，点头哈腰地道："不认识！不认识！"

但这个鬼子不大好糊弄，从伪军手里拿过木棍递给黄狗仔："不认识最好，那你来打！"

黄狗仔心里暗暗叫苦，黄友是自己族侄，肥仔是族弟，都是同一个祖宗的人，如何下得了手？但不打自己就会死。正迟疑为难间，只听黄友骂道："又来了一个狗汉奸，你有胆就打死我！"黄狗仔灵机一动，扔掉木棍，冲上去像疯了一样对黄友拳打脚踢，一边打，一边高声叫骂，黄友心里明镜似的，大声地呻吟配合黄狗仔。日本兵看得大喜，拍手叫道:"表现不错,给我用力打!"黄狗仔又打了几拳,气喘吁吁地停下来,上气不接下气地说:"太君,我看这两娃不是游击队的。"日本鬼子狐疑地问道:"你怎么肯定他们不是游击队的?"

黄狗仔一指肥仔,说:"你看这小子这么肥,说明平时吃得很好。游击队哪有这么好的伙食养肥他?"站在一旁的伪军听得哈哈大笑起来,也连声赞同。

日本鬼子眨着眼睛思考了一会,问黄狗仔:"你说怎么办?"

黄狗仔指了指黄友,说:"先把他放下来,我们再仔细盘问一下。"

"这……"日本兵有点迟疑。

"我们四个大人,又有枪,还怕了这两个小屁孩不成?"黄狗仔激将道。

鬼子听了,点了点头,示意放人。黄狗仔对那伪军说:"把你的枪借我一下,我用刺刀割绳子。"那伪军毫不犹豫地把枪递给了黄狗仔。

黄狗仔卸下刺刀,随手把枪放在黄友面前,然后站到左侧割绳子,以免挡住黄友的视线。说时迟,那时快,黄友捡起地上的枪,砰的一声结果了正面的鬼子。外面的伪军听到枪声,连忙冲进屋来,肥仔顺势往地上一倒,将他绊了个狗吃屎。这时黄狗仔也将黄友脚上的绳子割断,因吊得太久,黄友双腿酸麻站不起身,只好坐在地上端着枪,对另一个吓得傻傻的伪军喝道:"把枪扔过来!"那伪军见黑洞洞的枪口对着他,吓得双膝一软,竟瘫在地上。黄狗仔忙过去缴了他的枪,又给肥仔松了绑,肥仔怒不可遏,举起枪啪啪两枪将两个伪军打死,兀自不解恨,对着尸体骂道:"这就是做狗汉奸的下场!"

黄狗仔看在眼里,只吓得脸如土色,因为他也不干不净。黄友猜透了他的心思,叫道:"阿叔,我的腿吊麻了,请扶我一把。"黄狗仔如逢大赦,忙搀起黄友,拉过一条凳子让他俩坐下休息,黄友和肥仔相视一笑,轻轻地碰了碰肩,以前的小误会在一刹那间烟消云散,心中升腾起不是亲情却胜似亲情的一种温暖。

黄狗仔看肥仔的鼻子还在不停流血,就扯了一把稻草烧成灰,然后吹到肥仔的鼻孔里,那血顿时就止住了。肥仔感激地道:"阿叔,你真有一套!"

黄狗仔有些尴尬地笑了笑,终于斗起胆子问道:"我的两个小祖宗,你们怎么被鬼子给抓到了?"

"你先别问我们,我倒要问问你:你是不是还在给日本鬼子当汉奸?"黄友十分生气。

"我……我……"黄狗仔满脸羞惭地低下了头,吞吞吐吐地说,"我也是没办法呀!他们拉我当壮丁,不配合就得死。你们是知道的,我全家都被鬼子杀害了,我跟小日本也有血海深仇!"

"那你还当汉奸?!"肥仔怒目圆睁。

第十六章

"你以为我想吗?你以为我每天伺候这帮没人性的畜生,我心里好受吗?"

"你以前又不是没帮敌人传过情报。"黄友冷冷地说。

黄狗仔的头恨不得钻进裤裆里去,沉默了半晌才说道:"以前我怕死,是做过对不起祖宗的事。但自从我的家人被日本鬼子杀害后,我就对这帮畜生恨之入骨,一心想着报仇。我想联系飞鹰中队,可我以前做过坏事,怕他们不信任我,我现在是走投无路呀!"黄狗仔绝望地说。

黄友和肥仔交流了一下眼神,觉得黄狗仔不是在演戏,便说道:"阿叔,你现在做人做醒了,回头不还来得及。"

"这话怎么说?"黄狗仔眼里闪烁着希望的光芒。

黄友道:"阿叔,我们实话跟你说吧!其实我们早就参加飞鹰中队了。"

肥仔亲热地一拍黄友的肩膀,骄傲地介绍道:"黄友仔还是小鬼班的班长,可勇敢了!"

"是吧!是吧!"黄友仔喃喃自语着,突然,他双手捂住脸,蹲在地上伤心地抽泣起来。

"阿叔你这是怎么了?"黄友和肥仔被黄狗仔的举动吓了一跳,都有些莫名其妙。

黄狗仔摸了一把脸,难为情地说:"我跟你们比,恨不得在墙上撞死啊!你们小小年纪就知道保家卫国,而我呢,却干了一些见不得人的事,真丢脸啊!"

肥仔上前扶起黄狗仔,真诚地说:"阿叔,'亡羊补牢，为时未晚'，现在你回头还来得及！"

黄狗仔眼里一亮，问："我怎么回头？"但他眼里的光随即又暗了下去，沮丧地自言自语，"我没机会回头了，没机会了！想想以前我多糊涂，以为跟日本鬼子、国民党兵跑跑腿，他们就不会伤害我的家人，可到头来，他们还是杀了我全家，他们不是人呀，是地狱里跑出来的魔鬼！"

黄友走上前安慰道："阿叔，只要你真心悔过，就一定报得了仇！"

"是真的吗？"黄狗仔眼里重新燃起希望的光。

"跟你说实话吧，我和肥仔这次来，就是侦察凤凰山上的敌情，所以是你将功折罪、报仇雪恨的时候了。"

"凤凰山上的敌情？那我知道呀，我什么都知道，我可以全部说给你们听。"黄狗仔兴奋地说。

肥仔跟黄友商量道："要不，让阿叔跟我们一起回部队，让他亲自给队长汇报。"

黄友看了看地上的三具尸体，说："不行，我估计敌人很快就会来了，他们不见阿叔，肯定会起疑心。"主意已定，附耳跟黄狗仔叽叽咕咕说了一番，黄狗仔听得连连点头，拔腿就走，走到门口突然又返回身，指了指地上的尸体说："他们都死了，我连一点伤都没有，日本鬼子会起疑心。黄友仔，你在我大腿上扎一刀。"

"这……这……"黄友迟疑着下不了手。

"你不扎我扎！"话音刚落，黄狗仔就拿起刺刀扎向自己的大腿，顿时血流如注。他草草地包扎了一下，催促道："你们赶快走，不然就来不及了！"

黄友一路扶着肥仔回到营地，还找来一个煮熟的鸡蛋给肥仔敷被打肿的眼睛。

肥仔不好意思地小声对黄友说："黄友仔………谢谢你！"

"这有什么呀！我们是战友，又是从小一起长大的，本来就该互相帮助嘛！"

"我再也不反对你做班长了，你当之无愧！今天要是没有你，说不定我这条命都没了。"肥仔今天一改往常，态度特别温和，"还有，你跟黄狗仔阿叔嘀咕了些什么呀？"

"这个嘛，你先好好养伤，过几天你就知道了！"黄友故意卖了一个关子。

4

1944年2月，平湖的伪区政府，驻进了平湖日军驻地旁边的元屋围一个祠堂里，伪区长谢瑞华，副区长刘仲充当日军帮凶，鱼肉乡里，平时不仅为日寇抢粮，还强迫群众筑碉堡、修铁路、设赌场、开鸦片馆……无恶不作。

元屋围紧挨的平湖驻有日军重兵，仅相距四五百米远。西面是通往龙岗的公路，越过公路约一百米处有个谭屋村，驻扎着伪军一个连。

谢瑞华手下有五十多个伪警察，另加十多个职员，他依仗鬼子的势力，到处抓人抢粮，卖力地讨好鬼子。老百姓稍有不满，他张口就骂，举手就打，谁若反抗就枪杀，老百姓对他恨之入骨，骂他是汉奸、走狗、卖国贼，纷纷要求游击队除掉这个祸害。

飞鹰中队根据群众的要求，决定严惩这个民族败类，砍掉日军藤本大队的手臂。

1944年2月初，虾公潭战斗后，部队驻扎在塘厦。何通把手枪队队长冼麟找来，说："老百姓强烈要求我们除掉谢瑞华，想派你先去侦察一下，才好确定战斗方案。这次侦察要谨慎，因为谢瑞华当过国民党的军统特务，很狡猾，有较强的反侦察能力，上次黄友、肥仔杀掉的两个伪军，就是他派出来的。"冼麟说："你放心好了，那里我去过几次，又有地下党协助，不会出什么大问题。"何通遂派黄友、尹林两个小鬼随同冼麟行动。

天黑前，冼麟和黄友、尹林化好装就出发了。他们沿着羊肠小道，大步流星地朝平湖方向走去。天渐渐黑了，四下一片静谧。突然前方现出了亮光，并隐隐约约地传来一阵火车的汽笛声。冼麟抽出手枪，回头道："离平湖不远了，做好战斗准备。"黄友、尹林轻轻地把子弹顶上膛，放轻脚步继续前进。

平湖村离火车站很近，有地下党组织。冼麟三人猫着腰，仔细地观察着周围，转弯抹角进了村。村里死一般地寂静。他们小心翼翼地来到地下党员刘曼之的门前，按照联络暗号,"砰、砰、砰",两重一轻地敲了三下门。不一会儿,门"吱呀"一声开了,刘曼之探出头一看,见是冼麟,连忙让进屋里。待冼麟说明任务后,刘曼之说:"我带你们去见一个叫刘荣华的人,他也是我们的人,他的家离伪区政府最近,一定了解得更清楚。"

刘曼之领着他们三人绕过敌人的哨兵,悄悄来到刘荣华的家里。刘荣华见了游击队员,甚是高兴,他冲了几杯茶,又端来一盘饼来招待。冼麟开门见山,请他介绍伪区政府的情况。刘荣华说:"伪区政府上上下下共有70多人,都住在前面的祠堂里。谢瑞华和他的老婆住在祠堂内右边的小房,左边的房放的是军用物资。警察住楼下的大厅,用的是长枪。职员住在楼上,用的是短枪,大门口有两个哨兵。这些日子,他们天天抓很多民夫,给鬼子搬运木料、修铁路。谢瑞华每天早上还要向民夫们训话,耍威风。"

听了刘曼之的介绍,冼麟说:"你的情报很重要!另外我想在你家住几天,化装成民夫干活,进一步摸清敌人的活动规律和周围地形,你看行吗?"

"可以!"刘荣华爽快地说,"明天一早我就去安排一下,让群众掩护你们。"

第二天早上,冼麟、黄友、尹林三人随着一大群民夫到了禾场上。为防止暴露身份,他们没带武器。不一会儿,谢瑞华在一帮警察的簇拥下大摇大摆地走出来。这个汉奸留着八字胡,头戴白礼帽,身穿黄色的伪职员服,脚蹬皮鞋,斜挎手枪，左手拄"文明棍"，右手挟着一支雪茄，一张瓦刀脸上架着一副大墨镜，让人只看到墨镜看不到脸。这时他站在一个土墩上，冲着民夫们吼道："你们这些贱骨头，天生的牛马相，一天不打就偷懒，破坏皇军的圣战！今天谁不卖力，就重重打谁！哪个敢反抗，就格杀勿论！"训完话，十几个警察背着枪，押着民夫去平湖火车站搬木头。冼麟等人一边干活，一边观察鬼子的布防情况，并把伪区政府到车站一带的地形都记在心里。

冼麟三人连续干了两天活，摸清了情况，连夜返回部队，向何通做了详细汇报，何通随即召集开会，制订了攻打伪区政府的战斗方案。

1944年2月29日夜里，部队从塘厦出发，经过塘沥，深夜十二点到达元屋围后面的小山上。提前出发的黄友、尹林二人同地下党员刘曼之、刘荣华早已在这里等候多时了。刘荣华报告道："下午有两卡车的鬼子到了平湖车站。伪区政府没有情况变化。"何通听后，立即布置各小队立即行动。

冼麟带手枪队直插伪政府。他们从祠堂后面的小巷摸出来，刚到伪区府大门，就被敌哨兵发现，敌哨兵啪地放了一枪，扭头钻进门口，砰地关死大门，大声喊道："游击队来了！"冼麟冲上去，推不开大门，于是命令爆破，但听一声巨响，大门被炸开，手枪队趁势冲入，酣睡的敌人已被惊醒，有的打枪，有的喊叫，乱成一团。冼麟和三名手枪队员冲进谢瑞华的住房，大喊一声："不许动！"拿手电筒一照，只见谢瑞华还光着上身,战战兢兢趴地在床上,像一只剥了壳的大王八,他的老婆吓得躲在被子里失心疯似的大叫。谢瑞华还想负隅顽抗,伸手去摸枕头底下的枪,冼麟眼疾手快,一个箭步跳上去,飞起一脚,将谢瑞华踹下床,一个队员连忙上前搜出压在枕头下的手枪,然后将谢的老婆也掀下床来,另一队员撕破床单,将谢瑞华五花大绑,谢荣华垂头丧气,像一条抽干了血的蚂蟥,往日的威风此时跑到了九霄云外。

　　冼麟押着谢瑞华走到房外,用手机抵着他的脑袋,喝道:"叫你的人立即放下武器投降,不然就毙了你!"说着抬手一枪,打死一名伪军,谢荣华吓得魂飞魄散,杀猪似的大声喊道:"不要打了,不要打了,人家已经进来了,还打什么?"战士们也大声命令:"缴枪不杀!"伪警们见区长都做了俘虏,都乖乖地缴枪,举手投降。冼麟把谢瑞华交给战士看管,冲上楼又抓到一个日本兵。

　　战斗惊动了平湖车站的日军公路东面的伪军,但因为天色漆黑,又不知虚实,不敢出来增援,只是用轻机枪朝这个方向射击。

　　这场战斗不到十分钟就胜利结束了,俘虏了伪区长、伪警长以下二十三人,缴获长短枪三十三支,弹药、物资一批。队伍已经离开元屋围很远了,敌人的枪声还在响个不停,好像在为游击队员们送行。

第十七章

1

驻守平湖的藤本大队自从虾公潭受到游击队打击、伪区政府又被歼灭之后，加强了戒备，一方面派出便衣特务深入我军活动地区搜集情报，一方面在凤凰山修筑工事、设立军事瞭望哨，监视我军行动。

凤凰山，横跨宝安平湖、凤岗雁田两地，俗名叫清奇坑山，山上树木茂盛，鲜花盛开。树林里，花丛中，野兽嬉戏，鸟儿飞翔，蝶飞虫鸣，所以又叫"百鸟山"。相传在明朝时，飞来一只凤凰栖息在山上，其"寇翅宛然热欲轩鬐，西麓松风送响，时作鸾凰音"，当地百姓便改了山名，叫"凤凰山"。

凤凰山离平湖约三公里，是这一带地区的制高点，若站在山上用望远镜观察，方圆十几公里的情况可尽收眼底，山下还有一条通往龙岗的公路。藤本为了确保平湖车站的安全，开始在山顶大量修筑工事，欲长期占据这个军事要地。若如此，将

第十七章

对我军产生极大威胁,飞鹰中队决定拔掉这颗钉子。

这天中午,一个人鬼鬼祟祟出现在游击队的驻地上,被我军的哨兵抓住。那人道:"我是来找黄友的,有情报送给你们。"

黄友见是黄狗仔,喜出望外地说:"阿叔,终于把你盼来了!"连忙带他去见何通。

黄狗仔将凤凰山上的情况向何通做了汇报,何通感激地说:"黄阿叔,您帮了我们的大忙,我代表游击队感谢你!"

"不要!不要!"黄狗仔慌不迭地摇着手说,"我这是将功赎罪!"

何通见他还心存顾虑,便宽慰道:"打日本鬼子,什么时候参加都不晚!飞鹰中队欢迎你做我们的内应,继续给游击队提供情报。"

"真的?"黄狗仔以为听错了。

"只要你愿意,从今天起你就是我们飞鹰中队的人!"

"愿意!愿意!太愿意了!"黄狗仔喜不自禁地说。

何通拍了拍他的肩膀,叮嘱道:"你先回去吧,要保护好自己!"

黄狗仔离开后,何通召集干部开了个碰头会,决定派冼麟和黄友进一步侦察敌情。

冼麟和黄友依然化装成农民的模样,扛着锄头,头戴草帽,大模大样地出发了。他们先到平湖找到地下党员刘曼之,刘曼之带着他们去凤凰山下一个小村庄的亲戚家里,安排住下。

就这样,冼麟和黄友早出晚归,利用干农活的机会侦察鬼子的活动情况,详细地掌握他们的行动和规律。

这一天下起了蒙蒙细雨,冼、黄二人在公路边的甘蔗田里,一边装着除草,一边观察平湖方向的动静。上午八点左右,只见鬼子排着队,沿着平湖公路走过来,冼麟数了一下,共有十个鬼子,有一挺机枪、七支步枪,还有一条狼狗。鬼子上山后,他俩耐着性子等,一直等到下午五时,鬼子才从山上下来,沿原路返回平湖,仍是十个人,冼麟判断山上没有敌人过夜。

第二天一早,他俩又去侦察。敌人的下山时间和武器装备相同,只是少了一个鬼子和一条狼狗。就这样,他们连续观察了一个星期,摸清了敌情。

何通听取情报汇报后,决定召开飞鹰中队党支部会议,研究敌情,部署战斗任务。冼麟向大家介绍道:"日军有一个班的兵力在凤凰山警戒。他们每天早出晚归,走的是同一条路线。凤凰山地形复杂,并不利于我们夜间攻打,因此我建议放在早上打。"

何通点头赞同说:"老冼分析得有道理,那我们明天早上就在日本鬼子来凤凤凰山的路上伏击他们!"

2

雨过天晴的夜晚,空气格外清新。月亮挂在天上,显得分外明亮。部队从清溪镇土宜村的驻地出发,穿过村庄,跨过公路,到登上凤凰山半坡时已是凌晨三点了。何通派出警戒,命令部队隐蔽休息,自己带着小队长以上干部观察地形,选择伏击地点。大家从山上到山下转了一遍,决定设在山顶。一方面,这里距离大路与小路交叉点不远,不管敌人从哪条路上山,都在游击队的火力控制之下。更重要的是,山顶有日军挖好的堑壕和碉堡,可为我所用,于是何通布置了四个班隐蔽在山顶,形成交叉火力,准备阻击上山的敌人,又安排黄友带领小鬼班作为突击组,隐蔽在日军来路的一个小山后面,又埋伏一个班在凤凰山西侧的红猪岭,阻断敌人的增援。

天色渐渐泛白,山上的露水打湿了战士们的衣服,大家一动不动,睁大眼睛盯着平湖方向。

六点半了,天已大亮,老百姓已三三两两下地做工,可还不见鬼子的影子。何通让大家沉住气,一边拿起望远镜观察。不一会儿,一串穿着黄泥色军衣的鬼子大摇大摆地朝凤凰山走来。何通连忙告诉大家:"鬼子来了,共九个人,一挺机枪,八支步枪,注意隐蔽,准备战斗!"

鬼子慢腾腾地向山上爬着,快到半山腰时,一个鬼子离开队伍蹲在草丛里拉大便,其余八个人继续往上爬,离伏击点越来越近。战士们个个睁着眼睛，满腔怒火盯着这群野兽。

这时东方的太阳像有人托着缓缓上升，它爬过一个山阙，由暗到明嗖地一跃，一轮红日喷薄而出，顷刻间朝霞满天，凤凰山变成了金色的世界，刺眼的霞光令鬼子眯起了双眼。

三十米、二十米……鬼子越来越近，连狰狞的面目都看得清清楚楚。何通一声令下："打！"机枪、步枪、手枪一齐开火，枪声和手榴弹的爆炸声震耳欲聋。日军被这突如其来的袭击打得不知所措，昔日不可一世的"大日本皇军"横七竖八躺倒在地。扛机枪的鬼子缓过神来，躲到一块大石头后面，疯狂地向我军射击。飞鹰中队的主力此时已完全暴露在敌人的火力之下，如果不立刻干掉这个机枪射手，我军就会损失惨重，情况万分紧急。黄友站在小山头发现了这一情况后，决定"擒贼先擒王"，他奋勇争先，带着小鬼班从小山的后面往山腰上冲。何通喊道："火力掩护！"飞鹰中队集中火力射向敌人。此时敌人发现了黄友，想要掉转枪口对付黄友，但正面的火力太猛，根本无法分身。黄友抓住战机，一个箭步冲到敌人的眼前，一个虎扑，敌人倒也利索，一骨碌滚到一边，顺势爬将起来，恶狠狠地掉转枪口朝黄友射击，黄友迅速贴上去，用右手抓住了敌人的枪，顺势往上一推，"嗒嗒嗒！"一梭子弹射向天空，与此同时，黄友又用左手抓住了敌人机枪枪身的弯曲部位。狡猾的机枪射手也毫不示弱，他妄图把枪口压低，抓住机会向黄友开枪。可是黄友一边用右手死死地顶着枪管，不

第十七章

让他压低,一边用左手握着枪身使劲地往自己这边拉。这样一推一拉争夺好几次,都没有让敌方的机枪射手得逞,双方就这样僵持着。敌人没料到眼前的这个小孩有这么大的力气,更加惊慌失措,胡乱扣动了扳机。一颗子弹嗖地从黄友右耳边擦过,擦破了点皮,黄友吃痛,突然松手,敌人力道落空,朝后摔了个跟斗,这时冼麟正好冲了上来,"啪"一枪,正中敌人眉心,敌人哼都没哼一声就见了阎王。黄友趁机捡起机枪,在弯腰的时候突然发现一个敌人端着刺刀从背后向冼麟扑来,黄友急忙大喊一声:"冼队长你背后有鬼子!"冼麟一转身,刺刀离他只有三四步远了,他一闪身,手枪一个点射,鬼子扑通一声栽倒在冼麟脚旁。

上了山的八个日本鬼子被全部消灭,只有那个拉大便的敌人命大,战斗打响后,他胡乱放了两枪,就头也不回地向平湖方向蹿去,战士们猛追到山脚也没追上。此时平湖的日军分两路赶来支援,一路是骑兵和炮兵,从公路直插塘沥,企图堵住我军的退路;另一路是步兵,从小路扑向凤凰山。何通获悉敌情后,立即命令撤退,主力马上转移,留一个班做掩护。

部队主力和掩护的班先后顺利撤回官井头村的驻地。这次伏击战,只用十多分钟就打死八名鬼子,缴获机枪一挺、步枪八支,子弹千余发,望远镜一架,打掩护中又使鬼子伤亡十余人,而游击队只有黄友受轻伤,飞鹰中队打了一个漂亮的伏击战。

在凯旋的路上,黄友对肥仔道:"现在明白那天我跟黄阿叔说的什么了吧？"

"明白了！"肥仔亲热地擂了一下黄友，说，"你是让狗仔叔帮我们侦察敌情！"

"对！"黄友自豪地道，"我们凤德岭村，没有一个是孬种！"

3

凤凰山地虽是敌我双方争夺的焦点，但其山脉并不广，其迂回地域较为窄小，海拔也只有130米左右，日军有大炮等重武器，可以从山腰直接打到山顶，不利于我军长期驻扎，同时考虑到敌强我弱，所以飞鹰中队转移频繁，后勤补给经常遇到困难，部队一天吃两顿饭，有时也会吃不上饭。队里没有配备专门的炊事员，做饭由战士们轮流值日做。这几年部队一直辗转战斗在东江地区，绝大多数时间隐蔽在深山老林里，有时好几个月都没进村住过房子，生活极其艰苦。

这天，部队从嶂厦转移到附近的雁田休整，刚好轮到黄友值日做饭。黄友把米袋子拉开看，里面竟然空空如也。他又拿起米袋使劲儿地晃了晃，发现只剩下几粒米了。这可怎么办呢？黄友回过头来，身边一个人都没有，队长带队出去训练去了，此时只剩下他在为大家准备午餐。黄友一个人坐在那儿发愁。这时，村里的邓伯路过这里，看到黄友一个人那儿，便开口问他："小家伙，吃过饭了吗？"

第十七章

黄友一时回答不上来,又不想麻烦邓伯,便红着脸撒了一个谎说:"邓伯,我吃过了。"

邓伯听出黄友的声音不太对头,似乎看出了什么苗头,他用怀疑的目光看着黄友。突然,他向灶头走去,掀开锅盖一看是空的,再用手一摸锅盖,也是凉的,灶头旁边还放着一个已经软塌塌的空米袋,这下邓伯什么都明白了,他扭过头来望着黄友,黄友像做错了事的小孩一样低下了头,不敢看邓伯。

"你呀……"邓伯指着黄友摇头道,也没有等黄友解释,用鼻子哼了一声,就转身朝村子的方向大步走去。

黄友后悔极了,一方面觉得自己不该对邓伯撒谎,另一方面又害怕不好向队长交代,他忐忑不安地坐在那里,不知道如何是好。

大约过了半个小时,黄友没有看到队长带着训练的队伍回来,反倒看到了另一支浩浩荡荡的队伍,是村里的乡们。他们有的肩挑着大米,有的手抬着番薯、芋头、南瓜,他们把这一大堆食物堆放在了灶头旁边,堆得像一个小山丘。邓伯走在队伍的最后面,挑着一担大米。

邓伯盯着黄友说,"你们没有米了,怎么不找我们呢?我们怎么能让游击队的战士们吃不上饭呢?"

黄友强忍着快要夺眶而出的泪水,低下了头,默默地想:多好的乡亲啊!就像自己的亲人一样,对我们游击队的战士这样好!

这时,何通队长带着训练的队伍回来了。黄友连忙跑过去，激动得说话都有些结结巴巴："队长……队长……我们没下锅米了，雁田的邓伯发现后，然后他组织乡亲们送来好多粮食。"

游击队的战士们走近灶头一看，灶头旁边堆着满满的食物。何通紧紧地握着邓伯的手，激动地说："谢谢乡亲们！我们都不知道要怎样才能报答你们的恩情！"转身向战士们喊道："同志们，向乡亲们敬礼！"

"啪！"所有的战士都立正，向雁田的乡亲们敬了一个庄重军礼。

邓伯双手连连摇着双手道："别，别，别！何队长，你千万别这么说，这是我们应该做的！你们在前线抛头颅洒热血地保家卫国，我们送点粮食，也是让你们更好地打敌人呀！"

何通感慨地道："我们雁田是赫赫有名的义乡！想当年，雁田乡村民在爱国英雄邓辅良的领导组织下，在东罗新厅成立抗英指挥部，组织和训练民团500多人，到香港新界锦田村支持抗英反拓界的斗争，接着又在宝安布吉打跑了越过深圳河的英国侵略者，我们飞鹰中队要向雁田人民学习，消灭一切来犯之敌！"

"对！"邓伯大声说，"打日本鬼子和国民党反动派，不只是游击队的事，也是我们全雁田人的事。以后'飞鹰中队'有什么困难，尽管找我们雁田，雁田人就是把门板拆掉卖了，也会支持你们！"

第十七章

何通鼓掌道:"说得好!军民团结如一人,试看天下谁能敌!"

邓伯看到战士们都训练了一天了,额头还渗着汗珠,便笑道:"先别说了,战士们的肚子饿得咕咕叫了。"扭头对黄友说道,"快!小鬼!把饭煮起来!"

黄友其实也没做过几次饭,心里对做饭这件事儿并没有多大的底儿,但是今天他特别开心,所以他也没想那么多,就开始下手为大家做起饭来,村民们也上来帮忙。黄友手忙脚乱地跟在村民背后干活儿,部队的灶头边头一次如此热闹。

不一会儿,一道道菜就出锅了。煮南瓜、蒸芋头、白米饭,这已经算是游击队战士们的大餐了。他们围坐成一个圈,谁也没舍得吃手里那碗热腾腾、香喷喷的米饭。有的战士看着手里的米饭,泪水都淌了下来。

"大家赶快趁热吃啊!别光看着呀!来!快吃!"邓伯看到大家都望着白米饭舍不得吃,赶紧劝说战士们。

"邓伯,我们真是不知道说些什么好。只有感谢,真的,只有真心地感谢乡亲们!"何通感动地说。

由于没有可靠的经济来源,游击队员们的生活非常艰苦。刚开始,战士们的口粮是每天一斤米,吃两顿饭。这个量对于那些年轻力壮的小伙子来说,要是敞开了肚皮来吃,肯定不够,所以大家都是省着吃,可是,就连这每天一斤米的口粮都没有维持多久,便减成了每天八两米。而这八两米怎么吃,也是非常有讲究,那时候都是用大锅做饭,开饭时大家都非常自觉：一人一碗吃过以后，不管饱不饱，下面的锅巴谁都不会去动，等到吃完一碗饭之后，根据吃饭的人数每个人加一碗水，倒在锅里和着锅巴一起烧开，这样每个人可再分上一碗锅巴水喝，给大家的肚子增加一点食物。如果有姜，就在加水之前，把姜放在锅巴上磨几下，再放点盐，最好能再滴上两滴油。如果没有油就把油瓶子上的瓶塞子用力挤一下，运气好的话，还能挤出一两滴油来。姜是辣的，既能给身处广东潮湿天气的战士们除湿，又能给战士们半饱的肚子增加一点热量。再过一阵子，连八两米一天都难以为继，一天的口粮只剩半斤米了。所以，战士们几乎很少吃米饭，基本上都改为喝粥或者米汤。战士们今天捧着这一碗白米饭，心中自然有无限感慨。

"快吃吧！吃饱了才有力气打仗啊！"邓伯再次催促战士们道。

何通心里忽然冒出一个主意，放下饭碗说道："邓伯，不如我们来一次军民联欢吧！"

邓伯一愣，笑道："军民联欢？怎么搞？"

"很简单的，就是乡亲们演一个节目，我们也演一个节目。"

"演节日？"

"是呀！比如客家山歌什么的都可以。"

"那行，我就先来支山歌！"邓伯爽快地说道。

大家热烈地鼓起掌来。

邓伯稍稍想了一下，张口唱道：

第十七章

一九三七鬼子来,
足足打开六年长。
鬼子唔走总爱打,
大家莫问几久长。

长柄榴弹像酒樽,
敌来揸紧在手中。
看准鬼子抛过去,
轰隆一响就成功。

杀敌人人都可以,
自己同胞切莫欺。
枪口应该齐对外,
一致对准膏药旗。

邓伯嘹亮的歌声把气氛不断推向高潮,军民同欢同乐,共谱鱼水情深。

第十八章

1

　　1944年初,路东地区第一个乡级政权——清溪乡抗日民主政府成立,张松鹤任乡长,随后其他各乡也相继成立了乡政府,还各自组建了一个抗日自卫队,积极组织群众站岗发哨,监视敌人的行动,传递消息,鬼子一有动静,一村传一村,很快就传到游击队那里。各乡自卫队维持地方治安,政府办理民政事务,开办民校,教群众读书写字,后来发动群众搞减租减息,生活有了改善。许多青年报名参加游击队打鬼子,保家园。何通的飞鹰中队由原来的四十多人很快发展到一百多人。

　　1944年3月底,部队转移到清溪一带活动,驻在清塘村。在这里总结了凤凰山战斗的经验,准备更积极地开展游击活动,狠狠地打击敌人。

　　一天,何通对洗麟说:"洗麟,带上手枪队跟我走,咱到清溪一带了解一下敌人的情况。"

第十八章

俩人到了清溪附近靠公路的大利村，不一会儿就围来许多老百姓，他们纷纷向部队控诉清溪鬼子的暴行。有位老大爷说："日本鬼子三天两头来抢东西，拉妇女，砍木头，抓民夫。他们见了年轻妇女就叫'花姑娘'，拉去强奸，真是无恶不作。"一位中年农民也说："过去国民党祸害老百姓，日本仔一来就没影了。现在日本仔比国民党还横行霸道，害得我们没法活。"还有些妇女一把鼻涕一把泪地说个不停。

听了乡亲们的血泪控诉，战士们眼里冒火，恨不得立刻找鬼子算账，为受苦受难的群众报仇雪恨。忽然，一个青年跑来报告：两个鬼子正在钳口赉茶寮里，门口停着一辆卡车在装木头。群众闻讯，都用期待的目光注视带着何通，何通略为考虑后对冼麟说："走，咱们去把他们捉住！"便带着冼麟等五六个人直奔钳口赉茶寮。

来到茶寮前一看，只见四部卡车停在公路上，三部靠茶寮，一部离茶寮约一百多米远。几个鬼子穿着衬衣坐在茶寮里，军衣和步枪放在汽车上。两个鬼子在打开了盖的汽车头上忙着，好像在修理，寮里还有几个老百姓在饮茶。何通命冼麟带两个人去收拾远处那台车上的鬼子，由他们先动手，茶寮里后动手。之后走进茶寮坐下，要了茶和两盘饼一边吃喝着，一边观察敌人动静。鬼子翻译似乎察觉到异常，向一个鬼子咕噜了几句日语，那家伙便站起来一挥手道："开路！开路！"鬼子们稀稀拉拉地往外走。何通使个眼色，大家齐刷刷地抽出手枪指着敌人，何队长用日语喊："明达子布，一打打狗，啊罗施那（不要走，缴枪不杀）！"并用左轮手枪逼住身边一个鬼子的胸膛。这个鬼子忙举起双手，走在前面的鬼子要反抗，大家立刻射击，一阵枪声响过，四五个鬼子扑倒在地。一个鬼子逃上汽车驾驶室，但手忙脚乱地发动不起来。冼麟疾步冲上，拉开车门砰砰两枪，送他回了老家。冼麟刚跳下车，突然被一个鬼子从身后抱住，要夺他的枪。冼麟猫腰往下蹲，左手抱住鬼子的双脚，用臀部使劲向后一撞，把鬼子摔了个四脚朝天，随后叭叭两枪，结果了他的性命。一个战士追赶着鬼子进了禾田，那鬼子返身抓住这战士的右手，俩人在田里搏斗起来。那鬼子力大，把战士压在身下，冼麟喊道："用脚顶住鬼子！"同时冲过去，两枪打死了鬼子。此时何通和其他游击队员都已结果了自己的对手，随即撤出战斗。清溪的敌人迅速赶来救援，可是游击队已安全地上了山，和森林融为一体，无影无踪了。

这次奇袭，速战速决，击毙鬼子八名，击伤一名，因敌增援迅速，飞鹰中队没来得及打扫战场就撤出了战斗，所以只缴获步枪一支，不幸的是有一位游击队员在这次战斗中英勇牺牲了。

胜利的消息传开后，不少群众跑来向部队表示感谢，激动地说："你们打得好！给我们报了仇，解了气！"

2

日寇为了深入我内地掠夺财物，从樟木头驻军里抽出一个

第十八章

川口小队,进驻清溪镇,加强戒备,防范我抗日军民。这个小队驻在镇内的鹿鸣小学。之后,日寇加强扶持傀儡,先后建立了伪军政权——乡公所和伪武装——联防队,以强化其统治。

伪乡公所和伪联防队都驻在"永平社"内,离川口小队仅一百米。联防队长叫徐华,有三四十人,配有长短枪二三十支。在清溪镇内,还驻有东莞县伪税警队派出的一个小队,有二十多人,队长叫游华兴,驻在横头街一间商店里。他们是配合日寇开展掠夺中国财物的罪恶活动的帮凶。

飞鹰中队在钳口赉战斗后不久,我方情报人员通过一些旧关系结识了清溪伪联防队一个小队长蓝文星,通过摆形势,讲政策,陈述利害关系进行"攻心",使蓝文星愿意改邪归正,为游击队做情报工作。之后,蓝文星经常向游击队提供日寇活动情况和联防队、伪公所的情报。飞鹰中队经过多方侦察了解,决定以蓝文星为内应,消灭伪联防队和伪税警队。

一天晚上,夜色朦胧。部队悄悄地从清塘村出发,经皇坑、朱屋村,来到清溪西南约四五里路外的吕屋围。我情报人员已与蓝文星商约好,天黑后在此与部队接头、会面。

双方见面后,蓝文星紧紧地握着何通的手说:"过去我做过不少坏事,今后我听你们的,为抗日做好事!"队伍在吕屋围的南门楼待命,何通等几名指战员和蓝文星到一个老乡家里,先听取蓝文星的敌情汇报,然后决定由我情报人员和蓝文星二人为向导,给突击队带路。其余按原定计划,派一个小队为二梯队;一个小队负责封锁鹿鸣小学,防川口小队出击;同时再派一个小队长率一个机枪班、一个步枪班隐藏在小学对面的小山包上——以长火力封锁敌大门。

八时许,各分队开始行动。中队指挥所设在清溪新、老圩之间的中皮桥附近。蓝文星平时做了几个有爱国心和正义感的青年队员的工作,发展了几个可靠的人员充做助手,事先安排他们在当晚站岗放哨,约好了暗号,接应部队。当突击队和二梯队抵达伪联防队门口时,蓝即向哨兵发出暗号,哨兵知道游击队来了,立即将"永平社"的铁栅栏拉开。突击队冲进屋内,打开手电筒,大声命令:"缴枪不杀!"伪联防队员个个都举手投降了。蓝文星领几位队员直接冲上楼,捉住了伪中队长徐华,不发一枪,不用十分钟,俘虏中队长以下二十多人,缴获长枪二十多支、手枪一把,结束了战斗。

部队乘胜前进,积极扩大战果。游击队和二梯队撤出"永平社",进入清溪新圩横头街伪税警队驻地。由蓝文星装着有事要与队长游华兴商量的样子,骗开了铁栅栏。杨汉友一跃而上,用手枪顶住哨兵,低声喝令道:"缴枪不杀!"突击队猛冲进去,令敌投降。游华兴企图顽抗,被当场击毙,其余伪警连忙缴枪投降。

这场战斗也不到十分钟就结京了,生俘十余人,缴获长枪十多支。两场战斗加起来,时间也未超过一个小时。

部队马上撤出战斗,经竹垅、吕屋围回到清塘,已是深夜了,稍做休息后继续转移。越过十二洞,到达凤岗地区的嶂厦,在此休息。第二天召集俘虏开会,讲明我军的俘虏政策，愿意参加游击队抗日的欢迎，愿意回乡劳动的请便，但不得再为虎作伥。伪联防队成员大多数是青年农民，大部分愿留下抗日，摇身一变，成为一名游击战士，后来不少人还成长为部队的战斗骨干。

3

在磨泥圩东北角小山丘北面的下端，集近公路边有一棵白榄树，正长在清塘公路通往凤岗、塘厦的分岔处。因为这里是三岔路口，每逢清溪圩日，常有人在这棵大榄树下摆茶卖食，许许多多的来往行人也常在此乘凉休息。当地群众称这个地方为榄树头。

日寇占领清溪镇以后，拼命掠夺森林资源，为其造枕木、架标架。为了保护从塘厦至清溪的运输，防止抗日军民对其交通线的破坏，沿途桥梁均派兵看守。

清塘公路全长十二公里，有四座木制桥梁，距清溪约五公里有座横塘桥，由驻清溪的日军派一个班看守。飞鹰中队决定狠狠地打它一下，不能让它肆无忌惮地掠夺我方的资源。

经过侦察，游击队掌握了敌人哨兵换班的规律：每天早上六点左右，一个班的日军从清溪出发，到横塘桥接班，交班的那个班回清溪，约在七点经过榄树头。交、接班的敌人均是步行。游击队研究后订下了战斗方案，设伏点选在榄树头，打敌下哨的那个班。

1944年5月的一个晚上,飞鹰中队进入士桥村隐蔽。次日凌晨四时许,经二十多分钟急行军,抵达榄树头。班长以上干部看过地形后,各班按预定战斗部署分别进入阵地。一名副中队长率主要火力埋伏在伏击点南面小山包上的甘蔗林内。一名小队长带一个步兵班到伯公警戒,以阻击清溪来援之敌;一名小队长带一个手枪组和半个步枪班埋伏在对面的草丛里;一个手枪组和爆破组埋伏在公路南侧的草丛里。土造地雷埋在公路中间,经认真伪装后很难看出破绽。中队政委黄克扮成农民,戴着草帽在甘蔗地边观察敌情。

七点钟左右,黄克远远地看到一队鬼子扛着枪排着队走过来。敌人劳累了一夜,只想早些赶回去吃喝、休息,毫无戒备。刚走到设雷点,黄克立刻发出同时开火的暗语——用客家话喊:"牛食蔗。"刹那间,步枪、手枪、机枪响成一片,鬼子有的栽倒在公路上,有的滚进路边的水沟举枪顽抗。游击队几路火力一齐向顽抗之敌猛扫,又有几个鬼子命归黄泉。横塘桥的敌人闻讯来援,并用掷弹筒打过来一颗颗炮弹。我方的战斗目的已经达到,部队迅速撤离,沿着黄坑、清塘方向撤到凤岗镇的黄洞村田心老围。

这次战斗因地雷失灵而影响了战果,有一两个鬼子侥幸逃生,未能全歼日寇,但使其掠夺气焰有所收敛,很长一段时间敌人的汽车不敢在公路上跑。

第十八章

4

摆脱日寇追击后,飞鹰中队赶到田心老围宿营。何通估计敌人遭打击后决不会善罢甘休,很可能寻机报复。所以次日凌晨依然按战时习惯,拂晓前即用过早饭,并派出几组人员搜索驻地周围的高地和路口,同时还在营地前后几个制高点上布置了瞭望哨和联哨。

早上七点左右,哨兵回来报告:"联络哨发来信号,敌人向我驻地围来。"何通立即决定向后山转移。随着急促的紧急集合哨声,保持高度戒备的部队迅速汇拢。何通向部队讲明了敌情,下达转移命令,部队迅速行动,当撤到南门山时,发现敌军一路人马在一个骑马军官带领下从西面山头包抄过来,向游击队猛烈射击,黄友左肩中弹负伤,何通派一个班阻击,主力向嶂厦村北的山坑前进。行不多时,东北方向一千多米远的山顶上,又有一路敌人向部队射击,因距离较远,未对部队构成严重威胁。何通决定不理睬这路敌人,继续前进。疾行中,又发现一股鬼子在右侧的嶂厦山顶上向部队射击。

此时部队处于万分危险的境地:后有追兵,两侧有敌阻击。日军火力强、兵力多。何通和其他几个中队领导边快速行进边碰头研究对策。经过紧急商议,认为鬼子虽多,但过于分散,网撒得太大,对游击队极为有利,趁敌人未围拢之机,集中兵力火力猛冲,一定可以破敌合围,甩脱敌人。何通当即下达命令,并冲在部队的最前面。飞鹰中队的干部战士抱着破釜沉舟的决心,不顾西、北两个方向敌人的火力阻击,以最快的速度向东南方向冲去,翻过一座小山头,抵近黄泥坑村的时候,敌人的枪炮渐渐消失了。何通估计已突破了敌人的围攻,便来到部队的末尾,以防敌追击。政委黄克和冼麟断后,不断观察敌情。这时前头部队没有干部指挥,何通交代了几句就向前跑去,由黄克搀着黄友在后面慢慢跟进。黄友由于流血过多,全身发软,走到山坑下的一片树林时,他再也走不动了,提出让他在树林隐藏,等战斗结束后再派担架来接他。黄克想了一下,除此再没有别的办法了,只好同意了黄友的意见,帮他隐藏好,并仔细地观察一番,确认没有什么破绽后,才告别他去追赶部队。

中队已经彻底摆脱了敌人,大伙悬着的心才踏实了。黄克追上队伍后,把黄友的情况向何通做了通报,之后部队抵达黄泥坑村,决定在此休息吃饭。

这次藤本大队倾巢出动,兵分五路向飞鹰中队围攻,妄图消灭游击队,以报榄树头的一箭之仇,结果是竹篮打水一场空,只得草草收兵,败兴而归。

第十九章

1

当黄友再次醒来的时候,发现自己躺在床上,被褥下的新鲜稻草散发出淡淡的清香,身体像躺在棉絮里,柔软而舒服。几缕阳光像金箭一样从窗格中射进来,光柱中飘着粒粒微尘,它们像无数的小精灵在空气中轻轻飘扬。

"这是在哪里?"黄友挣扎着坐了起来,这时房门吱呀一声开了,一个十三四的小女孩端着一盘水走了进来。她穿着一件洗得发白的红色上衣,圆圆的脸蛋上嵌着一双乌溜溜的黑眼珠,忽闪忽闪的,像清晨碧绿荷叶上滚动的露珠。她头上扎着两个麻花辫,随着步履而颤动,像两只硕大的蝴蝶在翻飞。

黄友刚要问,这小女孩就抢先连珠炮似的说道:"我叫小阿凤,巫亚娘是我奶奶,我奶奶上塘沥圩赶集去了,还没回来。这是我奶奶给你煮的鸡汤糊糊面,你赶快吃了吧!"

一向机智灵活的黄友被这个活泼的小姑娘弄得有点不知所措了,他有些虚弱地问:"我是怎么到你家里来的?"

"是游击队的叔叔通知我的奶奶,我奶奶叫上几个村里人进山把你背出来了。当时你都晕过去啦,幸亏我奶奶去得及时,不然……"小姑娘用手轻轻拍着胸口,仍心有余悸的样子。

黄友笑了笑,没有说话,坐起身来准备下床。

"你下床干吗啊?你的伤还没好呢!"阿凤把汤碗放在一条凳子上,站在床边劝阻道。

黄友依然倔强地要下床。阿凤见拦不住他,便扭头喊道:"黄友不听话,你们快进来。"

此时部队正在休整,何通便派傅天聪和赖志强过来照顾黄友。这时他们正在门外劈柴,听到阿凤的叫声,连忙推门进来。

"怎么是你们?"黄友见到傅天聪,不禁又惊又喜。

赖志强简单地介绍了队里的安排,问:"黄友,你这是要去哪里?"

"我没事了,要归队。"黄友斩钉截铁地说。

赖志强看黄友脸色苍白,身体还很虚弱,便说:"这可不行!你要养好了伤才能归队。"

黄友道:"我的伤已经完全好了,可以随时准备战斗,不信我们到外面摔一跤试试?"

赖志强笑道:"还摔跤呢!我看你走路都没力气。行了,你就先别急着归队了。我们来之前,何队长专门嘱咐我们告诉你,伤彻底养好才能归队,这是命令。"

第十九章

黄友听说,知道归队无望了,心里充满了失望和沮丧。

"好啦!你就别想了,好好在这养病吧!"

黄友心有不甘地问:"志强哥,最近日本鬼子有什么活动吗?"黄友一说到"日本鬼子"这个字眼,整个人都精神起来。

"这你先别管,病好了再说!"赖志强想走开,却被黄友一把拉住。

"志强哥,你就告诉我吧!你看我都在这床上躺了这么多天了,都快闷坏了。你说日本鬼子的事我听,我一高兴,说不定伤好得快呢!"

赖志强和傅天聪对视了一眼。两人深知如若不说,黄友是不会安心养伤的,便说:"上次我们粉碎了敌人的五路围攻,下来准备打平湖的藤本,准备彻底把这股敌人的嚣张气焰打下去。"

黄友听后热血沸腾,他早就渴望着打藤本了,但这该死的伤,他躺在床上,内心似翻江倒海……

就在黄友心乱如麻的时候,忽听到赖志强和傅天聪欢喜地道:"队长你怎么也来了?"接着是中队长何通爽朗的声音:"我来看看黄友仔。"

黄友一阵激动,不知哪儿来的劲,一个翻身坐起,鞋都没顾上穿,便迎了出去,人还未进门,那声音便飞了出去:"队长——!"最后竟拖着一丝哭音了。

巫亚娘是同何通一起回来的,她见到黄友走了出来,忙上前嗔道:"你这孩子,怎么不好好休息,跑出来了?"

黄友一看到何通,那泪就不由自主地跑出来了,何通见状,一边笑道:"哟,我们的小英雄黄友仔怎么还哭起鼻子了?"一边亲切而怜爱地抚摸着他的头,眼也湿润了,他怕黄友看见,就摸出烟斗抽起烟来。

巫亚娘扶着黄友回到床上躺下,轻轻地打了一下他的屁股,假装生气地道:"以后再不听话,看我不把你的屁股打开花。"何通拖过一个凳子坐在黄友床前,问:"听说你要归队?"

"队长,我……"黄友不好意思地低着头,支支吾吾地也没说出一句完整的话。

"现在你有伤病在身,伤好了才可以参战。"何通表情严肃地说。

"可是……"黄友还没说完,何通就抢过话茬:"别可是了,我知道你想打藤本,但你不把身体养好怎么能去打仗呢?难道要人在战场上保护你吗?你连自己都保护不了,又怎么去保护我们的群众?你看巫大娘为照顾你多么细心周到,你不好好养病,对得起巫大娘一家的关心吗?"何通耐心地劝黄友。

在何通的批评教育下,黄友终于不吵吵闹闹地要归队了。在巫亚娘一家精心的照料下,黄友的伤情恢复得很快,大约一个月后,何通依然派赖志强和傅天聪来接黄友归队。黄友与巫亚娘一家洒泪而别,终于回到了他日思夜想的飞鹰中队。

2

飞鹰中队接上级指示，集中力量对付驻扎在平湖的日寇藤本大队。

平湖是个圩镇，位于广九铁路和惠（阳）观（兰）公路的交叉点上。平湖车站驻有日本的藤本大队。在离日军营地约一华里处的谭屋村，驻着一个伪军中队。中队长叫蒙德普，手下有八十余人。他仗着人多枪多，又和鬼子近在咫尺，总认为游击队不敢惹他，为虎作伥，欺压百姓，与抗日军民为敌。

怎样才能彻底消灭它而又使自己免遭大的损失呢？经商量，何通决定派黄友和傅天聪去附近谭屋村驻扎的伪警中队侦察。

黄友和傅天聪化装成乞丐，来到伪军中队驻地旁边的一块农田里，假装干活，一边认真侦察。

不一会儿，从伪军驻地走出两队伪军，傅天聪压低了声音激动地道："友仔，他们出来了。"

黄友道："我也看见了。"忙拉着傅天聪埋伏到田埂下，仔细数着敌人的人数，共有五十二人，全部配着新枪。

这两队伪军一路歪歪斜斜地走远了。黄友提议道："我们得再靠近一点，看看里面还有多少伪军。"

俩人沿着高高的田埂，猫腰蛰伏到伪警中队驻地附近，发现四周都围着铁丝网,二楼配有两挺机枪。他们俩不敢轻举妄动,匍匐着身体向前移动,隐藏在田埂上的两簇草丛下。

经仔细侦察,驻地还留有三十多个伪军,加上外出的五十多个,共有八十多人,与以前获得的情报基本相符,但是敌人的火力配置以及防御力都超出了游击队的预期。

两人侦察完后,赶紧返回部队汇报了敌情。何通召开会议商量对策。冼麟建议道:"伪军中队长蒙德普是土生土长的本地人,我地下党肯定知道他的社会关系,所以我们要从蒙德普身上打开缺口。"何通深以为然,于是派冼麟先行回到家乡,与我平湖地下党取得联系,准备策动蒙德普起义。

冼麟找到一个叫"老李子"的人,准备请他做中间人去见蒙德普。

老李子是蒙德普的发小,还是拜把兄弟,两人一起当过伪军,但日本鬼子不把他们当人看,经常故意找碴打骂,这使蒙德普怀恨在心,多次私下里找老李子商量,欲与鬼子决裂。老李子被我地下党成功策反后,隐藏身份在平湖地下党做情报工作,期间他多次劝导蒙德普弃暗投明,蒙德普有些心动,但一直未行动。后来老李子借故脱离伪军部队,已经有好多年没有见过蒙德普了,何况现在蒙德普又升了中队长,他对日军是什么态度,老李子一点拿不准。这次深入虎穴,一定要十分小心,稍有不慎,就会招致灭顶之灾。

老李子与蒙德普约定好了时间,见面地点就在他的办公室。一进门,老李子先简单地介绍了冼麟,然后冼麟和蒙德普

第十九章

寒暄了几句就坐了下来。冼麟想摸一摸蒙德普的思想动向,便先开口挑起话题:"这些年普队长军务繁忙,辛苦了!"

蒙德普抿了一口茶,慢悠悠地回答道:"身处乱世,混口饭吃而已。"又指着老李子说道:"他是知道的,我能熬上队长这个位置,那是非常不容易的。"

冼麟听出蒙德普的话里还有几分怨气,觉得还是有策反的可能,于是想让老李子现身说法,以便进一步激起蒙德普对日军的仇恨,便有意问道:"老李,你起义之前,也是和队长一起的吧?"

老李子自然明白冼麟的意思,叹了口长气说道:"那时候我们的日子可不好过啊,活得像一条狗一样!不仅时常要受到日本人的打骂,还要上下打点,而且生活还没有一丁点自由,被日本人暗中监视着,稍不如意,就要人头落地。乡里乡亲也骂我们是汉奸走狗,亲朋好友也都离我们远远的。这汉奸啊,真是不好做!老兄,咱们一起长大的,听我一句,弃暗投明。往小的方面来说,我们是为了扳回列祖列宗的颜面,给子孙积阴德;往大的方面说,我们是驱逐倭寇,还我河山。"

冼麟趁热打铁,接着说道:"这次蒙队长若能以民族利益为重,率兵起义,共产党和东江游击队是欢迎你的,定会委你以重任。"蒙德普听后沉吟不语,没有当场表态。冼麟二人知道此地不宜久留,见状便匆匆离开了。

不一会蒙德普的一个手下推开蒙德普办公室的门:"报告队长,这是他们刚才出门前给您的信。"

"信？"蒙德普满是疑惑地接过信，几眼就看完了，只见他冷冷一笑，把信撕碎扔进垃圾桶里，手下站在一旁不知所措，俯首帖耳地站着，大气也不敢出。

"这帮土八路，居然想策反我！我若不是念着老李子是跟我一起长大的，当场就把他们抓了！三十年河东，三十年河西，我蒙德普现在是堂堂的中队长了，是皇军眼里的大红人，早已不是以前那个点头哈腰的小兵了。老李子那个家伙，我看是脑子进水了，看不清形势，竟然跟着东纵的人想策反我？真是猪油吃多了蒙住了心！"蒙德普不屑地说。

"队长英明。"手下连忙奉承道，哈着腰给蒙德普点上一根烟，又试探道，"那……接下来咱们该怎么办呢？"

蒙德普叼着烟在房里踱了几圈，一时没想出个法儿来。感到有几分气闷，便打开窗户透气，一片绿油油的蔗林扑入眼帘，他怔怔地发了一会儿呆，突然打了个响指："哈哈……真是天助我也！听着，给我把驻地周围的甘蔗全砍光，再拉起铁丝网。还有，把周围的高土埂全部给我铲平了，看游击队怎么埋伏！"

手下听了，笑眯眯地竖起大拇指拍蒙德普的马屁："队长高，真是高！"

蒙德普洋洋得意地吐了一个烟圈，接着吩咐道："皇军在对面的碉楼上设了一个岗哨，给我修一条通向那里的交通沟。要快，马上给我去办！"

当天，伪军中队就开始动工了，他们抓来周边村子的村民来当苦工，要求他们没日没夜地干活。

冼麟获悉上面的情况后肺都气炸了，他怒气冲冲地走进何通的办公室，大声说："队长，蒙德普这个王八蛋太可恶了！他不但不弃暗投明，反而加强工事，真是背信弃义，敢情那天全给我们演戏看呢！他把南边的那片蔗林全砍光了，现在他周围都是光秃秃的一片平地，没有一点遮蔽物，还把周围拉了铁丝网。更可恨的是，他还专门修了一条通往日军哨所的交通沟，这是要死心塌地地做汉奸，跟我们顽抗到底了！"

何通生气地一拳砸在桌子上，双目圆睁地说："那我们就灭了他！"

3

怎样才能消灭蒙德普中队，而又使自己免遭大的损失呢？这天晚上，飞鹰中队召集全体队员开会，请大家出谋献策，大伙七嘴八舌说了一些，慢慢统一了认识：要进一步侦察敌情后再制订作战计划。可问题是，蒙德普把驻地周边砍得光溜溜的了，一有人走近就会被发现，很难接近敌人。

就在大家一筹莫展之际，黄友突然说道："队长，我发现当地农民每天都会在驻地附近的旱地里种菜，经常把尿桶放在伪军中队营房装尿蓄肥。我们可以装扮成当地的农民，挑着尿桶进去侦察敌情。"

冼麟拍手称赞道："这可是条妙计呀1"何通也赞同道：

"这个主意真不错!"揽住黄友的肩膀,说:"走,咱们进屋商量一下具体怎么办。"那边冼麟下令将部队解散了。

当天深夜,黄友悄悄住进了平湖地下党员刘曼之的家里。次日天亮后,黄友穿上刘曼之孩子的衣服,大小正合适。

乔装打扮一番后,黄友和刘曼之挑着粪桶上路了。刘曼之叮嘱道:"村里的老李得了重病起不了床,你是去顶替他的,其他的什么都装作不知道就对了。"

俩人来到田间,刘曼之熟络地和当地的村民打招呼。他们俩的打扮也和其他人一模一样,没有引起伪军的注意。

黄友一边埋头在旱地里干活,一边偷偷观察敌情。大概八九点钟的时候,一个伪军走了过来,大声吆喝道:"你们几个,赶紧进去把里面的尿桶给拿出来,放在那臭死人了!"

"时机到了!"刘曼之小声地对黄友说,他们各挑着两个空桶子排着队往里走。刚走到门口,一个门卫伪军伸出胳膊,上下打量着黄友道:"等等!这个小子怎么有点眼生啊?"黄曼之连忙敬了一根烟,哈着腰笑道:"他是那个生大病的老李的孙子,我今天叫来顶顶班。"旁边有个日本兵开始还是有点怀疑,但看到黄友觉得构不成什么威胁,便挥挥手放他进去了。

黄友一进去,两只眼睛就像雷达一样开始搜索每一处敌情。那茅房在营房的后面,村民只好挑着尿桶沿着营房走。日本兵习惯了每天来换尿桶的村民进进出出,而且嫌尿桶又脏又臭,所以对这些村民避而远之,没有派兵跟踪监督,这令黄友

第十九章

的行动方便了很多。他跟在队伍后面，认真观察每一个房间的情况，一圈走下来，已大致摸清了敌情，可是伪军挖的地道还没找到。他心里有些着急，装着好奇的样子四处张望，这时他发现其中只有一间房门是紧闭着的，而且门口还有两个士兵负责把守，心想这里面会不会就是地道的入口呢？还是里面有什么不可告人的秘密？他决定上前一探究竟。

出门往回走时，黄友担着满满的两桶尿，装作吃力的样子，一步一晃地走在最后面，特意与前面的人走散。当经过那间神秘的房间时，他停下来向日本兵问路，日本兵听不懂黄友的话，一脸茫然地望着他。黄友双手着急地比画着，肩膀上的尿桶失衡，有一桶就洒在了房门槛上，房里房外泼得满地都是。一股恶臭瞬间弥漫开来，两个日本鬼子捂着口鼻退到一边，其中一个不解气，揪住黄友的衣领子狠狠地给了他一巴掌，抽得黄友的嘴巴渗出血来，黄友强忍着，赔着笑脸给两个日本兵道歉，一边拿起院子里的扫帚打扫清理，日本兵嫌脏嫌臭，不想自己动手，只好打开房门，让黄友把房里打扫干净。黄友背对着两个日本兵，哈着腰埋着头进去打扫，趁机朝里看，不出所料，这里正是敌人挖的地道入口。地道还没彻底完工，入口还是敞着的，周围还有土堆放在那儿。黄友心里大喜，打扫完后不慌不忙地退了出来。

回到部队，黄友立马制作地图，把伪军队长住在哪间房子、每间房子有多少敌人、挖的地道在什么位置、铁丝网有多长、多高等都一一标明，同时建议地下党的同志多准备几块长木板,待进攻时放在铁丝网上,这样敌人的铁丝网就不攻自破了。

听了黄友的汇报,何通兴奋地拍了拍黄友的肩膀,大声说:"黄友仔,打藤本算你第一功!"

4

飞鹰中队根据黄友的地图和情报,进行了详细研究。制订了具体的战斗方案,向各小队长做了布置,各小队又根据自己的具体任务与各班长进行了反复研究。听说要去打藤本,战士们斗志昂扬,不少人咬破手指写血书请战。大伙抓紧空隙时间大练兵,龙腾虎跃地反复操练。七月岭南的天气异常闷热,战士们一个个汗流浃背,浑身是土,但仍精神抖擞。

1944年7月21日傍晚,部队在黄洞田心老围的禾场上整装待发。中队长何通下达了战斗命令,政委黄克做了战斗动员。八点许,队伍趁着漆黑的夜色出发了。日落已多时,天气仍然又热又闷,天空中仿佛扣着一口巨大无边的大铁锅,没有一丝风透进来。没走几步,黄友就已汗出如雨,衣服紧紧贴在身上,黏黏糊糊的,极不舒服,浑身的毛孔也好像都被热气封得死死的,人就像蒸笼里,连呼吸都不顺畅。他一边走,一边用双手扯动自己的衣服来扇风。

队伍行进到芦竹田,令人窒息的空气里突然吹来一丝凉意,好像那严丝合缝的大铁锅破了一个洞,一缕凉风从天外拂来,令人精神一振。黄友抬头看看天,发现不知什么时候已乌云密布,一团一团的黑云像一群天马在天上奔腾,又一阵风吹来,像天边撕开了一道口子,这风是从另一个宇宙漏进来的。突然,一条巨大的金蛇毫无预兆地飙窜而出,疯狂而迅疾地划过天空,照得天地间一片通亮。但一刹那间,厚厚的黑帘又合拢了,像没有划过一样。这时金蛇滚到了北边,又在那里闪了一下身躯,这黑色的帘又被劈开了更大的一条缝,就在天边的亮光快被黑夜吞噬干净的时候,"隆隆隆",远处的天边响起了如狮子怒吼般的雷声,这雷声好像从头顶滚过,然后在耳边炸开,顿时狂风大作,飞沙走石。断枝、落叶、沙尘被卷到空中,像发了疯一般,呈螺旋状,以极快的速度上下翻飞。

"不好,是龙卷风!大家千万要小心,一定要紧跟队伍,不能掉队!"何通扯着嗓子对队伍喊。话音未落,豆大的雨点和狂风拧成无数条鞭子,从天空中毫不留情地抽打下来。它抽打到山谷,抽打到树木,抽打到每个人的脸上、身上……黄友和小鬼班的战友们因为人小体轻,他们的身体像狂风暴雨中的小树,被吹得东倒西歪。他们低着头,弯着腰,紧紧地牵住彼此的手,吃力地顶风向前。本就土质松软的山路,此时被大雷雨一冲刷,就像往地上泼了油一般,走三步摔两跤,个个弄得满身泥巴。部队就这样一步一步艰难地前进。

指导员张军见状,坐地滑到何通身边,站在上风大声吼道:"队长,这样不行啊!小鬼班的孩子们个头太小,顶不住这狂风暴雨啊!"

何通抹了一把雨水朝后面的队伍看了看,只见小鬼班的孩子们被狂风暴雨抽打得根本站不住脚,摔倒了又爬起来,然后又摔倒。他们手牵着手,但是只要有一个人滑倒,整个队伍也会失去平衡,全部滑倒。

整个山谷都回荡着让人心惊胆战的吼声,仿佛有无数只野兽在震天咆哮。此时周围一片漆黑,伸手不见五指,锯齿形的闪电不时地撕裂天空,队伍只能凭借着闪电来看路。

何通怕小鬼班的战士们摔伤,附着指导员张军的耳朵大声说道:"老张,你派几个块头大的队员去帮助黄友他们,两人帮一个,就是架也要把他们架上来。"正说话间,个头最小的李查理又滑倒了,这次他的脚重重地磕在了一块大石头上,趴在地上好一会儿都没站起来。黄友见了,伏下身子,手脚并用地爬到路的另一边,捡起一根被吹断的树干,再爬回来,对李查理说:"来,搭着我的肩膀!"然后单膝跪在地上,一只手穿过李查理的背,从腋下托住他,另一只手则拿着树干做支撑,慢慢地把他背了起来,刚没走两步,黄友的脚陷在一摊泥浆里,当他使劲拔出脚来的时候,身体失去平衡,两人又重重地摔倒在地上。

"查理,你没事吧?"黄友不顾自己浑身酸痛,关心地问道。

"我没事儿!你别背我了,我自己能走。"李查理不想麻烦黄友,更不想因自己影响整个队伍的行进速度,边说边挣扎着想爬起来,可刚起来又滑倒在地。

黄友拄着树枝想去拉李查理,但双腿像灌满了铅,沉重得每走一步都要费好大的力气。

正当两人感到寸步难行的时候,来了几个身材高大的老兵,两人一组,一左一右架起黄友和李查理,跟上了队伍。

不知走了多久,雷公慢慢息怒了,最后隐藏在天边不再吱声,粗大的雨柱也变成了毛毛细雨,就连风都变得温柔了,不再张牙舞爪地四处肆虐。在几朵巨大云朵的缝隙间,竟钻出几颗星星来,天竟然晴了,星光下的山谷终于恢复了它原来的面貌和颜色。

"他妈的,这场风雨总算停了。"何通扯了扯因湿透而贴在身上的衣服,爆了一句粗口诙谐地说,同时看了看四周,只见整个山谷的树被吹得东倒西歪,一些碗口粗细的大树竟被连根拔起,残枝败叶铺得满山都是,原来的那条山路都被稀泥和断树覆盖了,每前进一步都要清理。此时战士们都已筋疲力尽,何通命令部队原地休息一会,大家你看着我,我看着你,都忍不住笑了起来:每个人都变成了泥猴,如果不张口说话,连嘴巴都分辨不出。

第二十章

1

受暴风雨影响,队伍原计划一点到达,十二点打响,结果次日凌晨四时才到达目的地,停在一片甘蔗林里休息待命。天已快亮了,还有一个小队没跟上来。还打不打?中队立即召开紧急干部会研究,最后决定还是打。因为有不少有利条件,一是雨天撤出战斗虽有困难,但周围是蔗林。就像北方的青纱帐,敌人不敢迫近追击。二是部队战斗情绪高涨,而且准备充分;三是敌人对我偷袭毫无防备,便于速战速决。

意见统一后,各小队按计划开始行动。张军带领一个小队到公路上埋设地雷,警戒可能从平湖来支援的日军;第二分队带领主力从正门攻击;冼麟带领突击队从后面铁丝网爬进去攻击;何通和黄友在后面小山丘上指挥、火力支援和接应。另外布置一部分民兵埋伏在西侧,用土炮袭击日军的马棚等设施,以牵制其增援。

何通有点担心黄友,会后单独拉把黄友拉到一边,语重心长地说:"你们的任务非常艰巨,一定要快,在前门助攻的小分队迎接的是正面火力,支撑不了太久。"黄友坚定地回答道:"请队长放心,小鬼班保证完成任务!"

此时天已蒙蒙亮,老天爷助阵似的又下起雨来,除了哗哗的雨声,大地处于一片寂静中,敌人的营房里鸦雀无声。借着雨幕,冼麟带领手枪队和黄友的小鬼班神不知鬼不觉地掩藏在后山的甘蔗地里,等待发起进攻。

雨越下越大,在滂沱大雨中,突击队接近铁丝网架门板,不料被敌哨兵发现,急忙鸣枪报警。

清脆的枪声划破天际,接着是嗒嗒嗒机枪扫射的声音,凶猛的火舌向突击队射过来,山后的黄友组织火力进行压制,掩护突击队破障。

在小鬼班的火力掩护下,冼麟和他的突击队冒着枪林弹雨,终于把几块木板架在铁丝网上,突击队员踏着木板成功地越过了一道铁丝网,接着又用携带的棉被盖上第二道猪笼式铁丝网,强行通过后向乱成一团的伪军一阵猛扫,一排手榴弹,打得敌人鬼哭狼嚎。

一个身材高大的伪军看见黄友射击很准,打死了很多伪军,便端着刺刀朝黄友冲过来,"当"一声,两刀相交的一刹那,碰出几粒耀眼的火花,一闪即灭。敌人力道太大,黄友只觉得手臂一麻,全身都震了一震,踉跄后退了两三步才站稳。伪军狞笑着,加大力度,有如泰山压顶般冲过来,想把黄友压垮。黄友在风雨中熬了一夜,早已筋疲力尽,此时遇到这个力大无穷的敌人，已显不支，他的双腿发颤，整个身体被压成一个反弓形，眼看就要倒地了。黄友咬紧牙关，使出吃奶的力气硬撑着。突然，他灵机一动，猛地朝敌人脸上吐了口唾沫，敌人本能地一闪，刀一滑，砍到了地上，黄友就势倒地，横刀朝敌人腿上砍去，正中敌人右小腿，敌人大叫一声，慌乱中扔掉了刀，蹲下身子双手抱住伤腿鬼哭狼嚎，黄友复一刀结果了他的性命。

与此同时，两名突击队员已经把敌哨兵干掉，爆破组在炮楼下装上了炸药。黄友拿着驳壳枪和两枚手榴弹，双眼紧紧盯着炮楼，只听轰的一声巨响，炮楼被炸飞了。"同志们，冲啊！"黄友一挥手，带着小鬼班像一群小老虎般猛冲上去。"轰！"敌人埋的地雷炸响了，旁边的几个突击队员负伤倒地。这时，左墙角上一挺机枪叫起来，原来蒙德普昨天晚上又临时增强了火力，小鬼班副班长李查理中弹倒地。

敌人的火力太猛，黄友根本无法冲过去救查理，他双眼滴血，声嘶力竭地大喊着李查理的名字，但鲜血染红了李查理的衣服，他早已听不到亲爱的战友的呼唤了。

满腔怒火烧干了黄友的双眼，这时的他好像疯了，一连几个翻跃跑到左墙角，取下一枚手榴弹扔上去，轰的一声，敌人的机枪登时哑了。这时冼麟已率手枪队消灭了大院里的伪军，但没见到蒙德普的人影。

冼麟走到围墙的窗户看了看，见窗户完好无损，而围墙又太高，蒙德普肯定翻不出去，便下令道："蒙德普没有跑，还在屋子里,给我好好地搜,就是挖地三尺也要把他给我挖出来!"

游击队员开始搜寻每个角落。冼麟走到一个大衣柜前面,发现衣柜缝里夹着一块白色的衣襟,他向一个游击队员打了个手势,一手举枪瞄着衣柜。那游击队员蹑手蹑脚地走过来,以迅雷不及掩耳之势拉开衣柜的门,果见蒙德普抱着头,双膝蜷缩在胸前,躲在衣柜里瑟瑟发抖。

"蒙德普,滚出来!"冼麟拎着蒙德普的衣领,往外一拽,一把将蒙德普摔在地上。

"饶命啊!饶命啊!"蒙德普跪地举手求饶,这副模样和之前撕毁策反信那趾高气扬的样子形成了鲜明的对比。

冼麟懒得跟他废话,用手枪抵着蒙德普的脑袋,命令道:"赶紧叫楼下的伪警停止抵抗,缴械投降,不然我就一枪毙了你!"

蒙德普面如土色,颤着声音朝外面喊道:"都给我停!把枪都放在地上,统统投降!"

战斗终于结束了。冼麟看了看表,这场战斗只打了20分钟,就俘虏了伪军40多人,缴获长短枪70多支。

大家正沉浸在胜利的喜悦中,忽见赖志强抱着李查理从大门走了进来。黄友哭道:"队长,李查理牺牲了!"

所有的人不约而同地怔住了。何通开始以为听错了,但他看到赖志强怀里的李查理时,他才相信这是真的,不是在梦中。一股巨大的悲痛顿时扼住了他整个身心,他几步冲上前,一把抱过浑身是血的李查理,仰天大喊道:"查——理——"

在悲痛中缓过神的赖志强发现跪在地上的蒙德普,顿时红了双眼,大吼一声:"还我查理的命来!"抬手就是一枪,蒙德普应声倒地。

2

消灭蒙普德伪军中队只用了二十来分钟就结束了战斗,驻扎在平湖的藤本得知后暴跳如雷,他像一头困兽在办公室里来回踱步,瞪着一双血红的眼睛,冲着一个侥幸逃出来的伪军咆哮道:"你们这群废物!"一脚把那伪军踢翻在地,那伪军爬将起,顺势跪在藤本前面,不断地叩头认罪。

"飞鹰中队想跑?没那么容易!去,通知发报员,把广九铁路沿线的兵力给我全部调来,我要把游击队赶尽杀绝!"藤本像疯狗一样狂吠着,跪在地上的伪军如逢大赦,连忙起身跑了出去。

战斗结束后,飞鹰中队分成三队撤退:一个小队做前卫,一个小队押着俘虏走在中间,另一个小队断后,取道雁田回官井头。

由于指导员张军等几人受伤,在雁田学校稍稍包扎,由何通带一个小队作先锋,黄友小鬼班做尖兵,黄克同志带一部分同志做后卫。

第二十章

经过雁田后,处于前卫的第一小队的战士们停下了脚步。再往前走就是老虎山,而老虎山有两条路,一条通向老虎山的东面,一条通往西面的沙岭方向。此时风大雨急,队伍稀稀拉拉的,拉得很长,队伍需要马上做出决断,到底走哪条路?前卫第一小队长想了一会儿,最后选择了走老虎山以西这条路。

小鬼班作为尖兵班,走在部队的最前面,当行进到老虎山附近的平龙公路时,飞鹰中队的队伍突然与藤本大队主力四百多人遭遇,日军已经抢占了有利地形,朝飞鹰中队猛烈开火。此时,飞鹰中队正处在一片视野开阔的田地里,身穿雨衣的日军以轻、重机枪和火炮的密集火力对准飞鹰中队,想要将其压制在这片开阔地里,将飞鹰中队一网打尽。被飞鹰中队抓获的俘虏见来了救兵,纷纷趁机逃走。与此同时,另一路敌人听到枪炮声也从老虎山向飞鹰中队所处的方位迂回迫近,形势万分危急。何通命令黄友道:"黄友,你率小鬼班阻击敌人,掩护主力撤退。"

黄友一个立正,声音洪亮地答道:"是!"他提着驳壳枪,右手一挥,大喊一声:"小鬼班的,跟我来!"

在何通的掩护下,黄友小鬼班的几名小战士像几支利箭射向老虎山,穿过一片开阔的水稻田,抢占了一条高田埂,手枪、步枪、手榴弹一齐开火,打得敌人四处逃窜。有的鬼子慌乱中冲进水稻田地,双腿陷在烂泥中拔不出来,赖志强一枪一个,打死了十几个日本鬼子。藤本见部队无法前行,不由得恼羞成怒，于是集中大部兵力向黄友方向猛攻。但这条田埂是这片水稻田的唯一较宽的路，其他都是只有尺把宽的小田埂，不熟悉地形的鬼子根本无法行走，小鬼班充分这一有利地形，寸步不让，将一个又一个扑来的敌人打死、打伤。此时何通率领的主力部队还在开阔地里与敌激战，黄友见状大声呼喊道："何队长，快撤！"

黄友对老虎山周边的地形了然于胸，如果敌人攻占老虎山顶，不仅会威胁到大部队的撤退，官井头也会暴露在敌人面前，这样一想，黄友感到自己身上的责任重于泰山，于是大喊道："同志们，给我狠狠地打！"

小鬼班的火力成功地引开了敌人的大部分兵力和火力，何通趁机组织部队交替撤出开阔地，迅速向老虎山开进，但是一路敌人抢先占领了老虎山顶，他们居高临下，以猛烈火力向游击队射击，后边的雨雾中又出现一百多个鬼子，形成前后夹击之势，飞鹰中队奋勇拼杀，终于突围到黄泥坑。

何通见主力部队已安全脱险，便对黄克说道："部队交给你了，我要去救黄友他们！"一挥手，"冼麟，带上你的突击队跟我去救黄友！"他们绕到老虎山东北，想取这条道营救黄友班，却不料另一路日寇包围了官井头村，正在挨户砸门搜查游击队，根本无法安全通过。

何通所处的地方不大隐蔽，随时都有可能被发现。何通眼尖，发现村边有一间空房子敞着大门，于是心生一计，决定让大家藏到村子里，钻到敌人的肚子里。跟冼麟商量好后，他们便率领队伍掩藏在稻草堆后面，在地上匍匐前进，悄悄地溜进了这间屋子。屋子里果然空无一人，何通把整个屋子检查了一遍，让战士们躲在门楣上方的小阁上，鬼子几次经过，见大门敞着，以为这是一间废弃的宅子，只是顺眼往里看了看，没有钻进来，何通的突击队成功躲过了鬼子的搜捕。

鬼子在村子里折腾了一会儿，一无所获，便放火烧了几间茅草屋，悻悻退走。何通带领突击队和村里的民兵趁机从后面偷袭，将这股敌人全部消灭干净。

此时小鬼班已快弹尽粮绝，黄友看到主力军已撤出开阔地，不由得长长舒了一口气。

经过短暂的喘息后，敌人卷土重来，这次他调配重机枪、迫击炮等重型武器，对黄友小鬼班进行疯狂进攻，老虎山下硝烟弥漫，炮火声震耳欲聋。敌人仗着绝对的兵力和火力优势，步步紧逼。黄友带领小鬼班继续埋伏在掩体后沉着应战，他端着双枪，卷着衣袖，带领着队员们不断变阵形，寸步不让。这时赖志强喊道："友仔，主力部队已经撤退完了。"

黄友回头看了看，见开阔地上已无游击队的身影，掩护任务已经完成，于是下令小鬼班撤退，一边说道："傅天聪、赖志强你们先往后撤，交替掩护。"一边扔出一个手榴弹，在浓浓的黑烟中，傅天聪、赖志强二人迅速后退了几十米，复转身射击，掩护黄友和尹林后撤。敌人发现了，一阵密集的子弹射过来，尹林头部中弹，倒在了稻田里。

"尹林——"黄友撕心裂肺地长呼一声,不知哪来的力气,飞快地冲到尹林身边,但尹林永远地闭上了眼睛。

此时黄友的左小腿又中了一枪,鲜血直流,他想撑起来,但脚下一滑,摔倒在稻田里,再也无力爬起,他知道自己凶多吉少了,强忍剧痛匍匐着后退了几步,把步枪塞在稻田的烂泥里,然后撕下裤子扎好伤口,一边向博天聪、赖志强喊道:"我受伤了,你们快撤,不要管我!"赖志强、傅天聪眼含热泪大叫道:"要走一块走,要死一块死!"折回来救黄友,但还没等他们走近,敌人的机枪就扫了过来,赖志强中弹牺牲,黄友伏在稻田里撑起上半身,不停地向扑过来的敌人射击,一边喊道:"打呀,傅天聪!打呀,傅天聪!"可是没有人回答,他回头一看,傅天聪也牺牲了,身下流满了鲜血,他在临死一瞬,依然把枪支对准敌人,保持着射击的姿势,可是他永远扣不动扳机了。

敌人又发起了进攻。此时阵地上只剩下黄友一个人。激战中,他的右胸又中了一枪,他感觉自己的血快流干了,费力地从口袋里掏出《党员须知》,把它撕烂了,埋藏在泥浆里。然后又回爬到田埂边,用田埂支撑着上半身,打光了所有子弹。"不能把枪留给敌人。"他想,于是拼尽全身最后力气将两支枪砸断,藏在泥浆里,然后硬挺着受了重伤的身躯站起来,掏出最后一颗手榴弹,准备与敌人同归于尽,惊惶失措的日军射出几排密集的子弹,年仅17岁的黄友壮烈殉国。

枪声停止了,喘息未定的藤本发现自己的对手竟然是几个未成年的小孩，就是这几个小孩，凭着落后的武器，阻击他400多人的部队长达一个多小时，彻底粉碎了他"围剿"飞鹰中队的计划。"中国是不可战胜的！"藤本在心里哀叹一声，他仿佛看到了"大东亚共荣圈"美梦的破灭。他肃穆地站立在黄友倒下的地方，一动也不动。突然，他啪地一个立正，向牺牲的黄友敬了个标准的军礼。

老虎山战斗后，飞鹰中队一面加紧练兵，一面派手枪队四处侦察，准备寻找战机狠狠敲一敲鬼子，为烈士们报仇。

1944年9月初，藤本大队协同伪军30师、45师对路西大举扫荡。东纵总部命令飞鹰中队配合路西反扫荡、积极打击广九线上的敌人。

经过侦察，何通中队选定天堂围火车站以西约两公里处的石马桥下手。鬼子在马石桥头修起一座钢筋混凝土碉堡，由驻天堂围车站的日军派一个班看守铁桥，每天都是黄昏时进驻碉堡，天亮以后全都返回天堂围。摸到这个情况后，飞鹰中队即选定这座铁路桥为袭击目标。

决心是下了，可是要全歼敌人困难不少，如果在行进路上伏击，车站的鬼子会很快来增援，部队难免受损失；如果待敌进入碉堡再打，部队没有火炮，手榴弹又不起作用，强行抵近爆破也会遭到伤亡。战斗一旦打响，必须速战速决，因为增援的敌人几分钟内就能赶到。何通从《前线报》上看到有人企图用定时炸弹谋杀希特勒的报道，从中得到启发，决心用定时爆破的方式消灭敌人。可部队既没有这方面的人才,也没有这方面的设备,连个测电表都没有。何通决心亲自研制,他派人去清溪买来一块旧手表就开始干起来。关键是电路的通畅,怎样检查呢?何通用一个小电灯泡检查,亮就说明通,不亮就有问题。经过多次试验。终于获得成功。干部战士都对何通佩服得五体投地,说:"队长文武双全,真了不起!"

1944年8月24日是个赶圩的日子,当天下午,何通把定时雷放进箩筐,上面盖上茶,扮成赶圩农民的样子挑起担子出发了。

何通走到桥头,见四下无人,便装作乘凉的群众进入了碉堡,把定时炸弹放在敌人睡觉的床板下:起爆时间定到夜里十二点。当晚。部队经过动员,从三峰村出发了。九点多钟到了距离碉堡一百米的小山包上,派突击队和一个班悄然接近铁桥。一个班从右侧迂回,另派一个小队长率一挺机枪和一个步枪班警戒天堂围方向,另一个班警戒石鼓方向。一切就绪,就等着一声巨响了。

好不容易等到十二点,地雷没有响。又等到一点,仍未响。看来是定时引信失灵了,只好把部队撤回三峰村。天亮后派人取回来,何通一检查,才知道手表时针被胶皮阻住,使时针不能和电源接触,电流形不成回路。修好以后,又进行了反复试验,确认无误了,才派冼麟和爆破班长再去安放。

冼麟俩人再次化装送去,原来日寇的床是用砖头垫起木板,离地不够一尺高,开始他俩把定时炸弹安放在床头下

第二十章

面,细心的冼麟在床上试睡了一下,发现耳中可以听到手表的响声,他怕日寇睡觉时听见,又将地雷放在床的中部,然后再躺在床上侧耳细听,感觉什么声音都听不见了,觉得已放安稳,这才满意地偷偷地闪出碉堡。

真巧,这一天晚饭前后下了两个小时的倾盆大雨,八时正,部队冒雨出发,原计划取道浸校塘村经竹尾田过河,因河水暴涨,水流湍急,只好绕道竹园头过桥,进入埋伏圈已近十一时了。部队按战前方案部署好部队,战士们穿着湿透了的衣服,一声不响埋伏在阵地上。

雨还在哗哗地下着,夜色像块巨大的黑布,遮住了眼前的一切。战士们冒着大雨,静悄悄地等待着。有手表、怀表的干部,紧紧地盯着时针和分钟的荧光,表针慢慢地爬着。当时针和分针在"12"的位置上重叠的瞬间,只见强光一闪,轰隆一声巨响,定时炸弹准时爆炸,日寇碉堡上空升起一个巨大的火球。日寇碉堡外用钢筋水泥围起来的围墙被炸出了一个大口子,水泥和砖头的残渣四处飞溅,碉堡内燃起熊熊烈火,日本兵横七竖八地躺在了地上。有几个日本兵则身上着了火,惨叫着东奔西跑,不一会就变成了一具具焦炭,整个碉堡陷入一片混乱。何通一声令下,战士们一跃而起,顾不得满空飞溅的沙石和杂物,飞也似的冲上前去,桥头的碉堡已整座坍塌。突击队冲到碉堡前,只听见砖堆里透出杀猪宰牛般的呻吟声,战士们用木头撬起炸成几十块的碉堡水泥块,拖出机枪、步枪,发现没有死的日寇再捅他几刺刀,一个战士一边将刺刀插进敌人的胸膛,一边哭着说:"黄友,还有小鬼班的战友们,我们终于替你们报仇了!"

战斗干净利落地结束了,队伍胜利撤离阵地,战士们扛着一挺缴到的歪把子机枪和七支三八式步枪,顶着大雨,踏着没脚的泥泞,沿着河边向东方向急行军,天亮时到达桥陇村附近,河水比来时涨得更高了。部队正要焦急地绕道过河,桥垄村民兵已主动备好木船,接应部队过了河。过河后又行了二十多里路,上午八点多钟到达青塘到契爷石村,战士们满身泥水,又饥又累,于是决定在此休息、吃饭。几个年轻的战士坐在地上检查缴获的武器,发现五支步枪完好无损,又余兴未尽地要试试歪把子机枪,可机枪的弹匣被压坏了,何通顾不上疲劳,抢修机枪,直到下午三点多钟才修好,试射了三发子弹,机枪毕毕剥剥地又叫响了,战士们个个喜笑颜开,说以后打鬼子就更有劲了。

这是东纵成立后第一支从日寇手中缴获的日式轻机枪。当天晚上,何通带着两个小队和这次缴获的武器到了东纵司令部,向纵队首长汇报了石马桥战斗的情况,司令部发出通报,表扬飞鹰中队在战斗中直接从日军手里连续缴获两挺机枪(前一挺为凤凰山战斗中所缴获),是全纵队的首创,这给部队以极大的鼓舞。

4

何通要调走了。

石马桥战斗后没几天，飞鹰中队也接到东纵命令，将主力调到惠阳，编为东纵第二支队第一大队，留下的部分兵力以后扩编成第二支队第二大队。

1944年11月底的一个早上，何通率飞鹰中队全体指战员来到油甘埔老虎山，与黄友及小鬼班做最后的告别。

天空阴沉沉的，全体队员肃穆地站在小鬼班战斗过的那条高田埂上，每个人都眼含热泪，与小鬼班同吃同住同战斗的场景一幕幕地浮现在他们脑海里。

何通强忍悲痛，发出口令："立正！"

何通的眼光缓缓地从每一个战友脸上扫过，慢慢地，他的眼又红了，他强压住自己的激动，从口袋里掏出一张通报，大声说道：

"同志们，纵队司令部政治部发出通报，授予黄友烈士'抗日英雄'的光荣称号，命名飞鹰队小鬼班为'黄友模范班'。就在前几天，也就是1944年11月22日，东纵给中共中央军委发电文，向党中央汇报，毛主席亲笔在电文上做了批语：'抄弼、刘、周、朱、叶、博。'党中央，中央军委从延安复电东江纵队，追认黄友同志为广东人民游击队的战斗英雄、中国共产党模范党员。《解放日报》还在头版头条以《东江纵队五少年英雄以一当百光荣殉国》为题，做了详细的报道。黄友和他的小鬼班是我们东纵的骄傲,我们一定要继承他们的遗志,将革命进行到底,驱逐倭寇,还我河山!现在,给'黄友模范班'授旗!张军同志,请接旗。"

"是!"飞鹰中队指导员张军从队列里出列,庄重地向鲜红的'黄友模范班'旗帜敬了一个军礼,郑重地用双手接过,然后转过身,面向队伍,挥旗喊道:

"驱逐倭寇,还我河山!"

全体指战员齐声大喊:"驱逐倭寇,还我河山!"

三声过后,队伍复归平静,只有"黄友模范班"那面红旗在风中猎猎飘扬,庄严的崇敬和复仇的怒火充塞着每个人的心怀。何通从腰间拔出手枪来,指向天空,面朝着老虎山,大声说道:

"同志们,都有了——鸣枪!"

"啪啪啪……"一阵密集而清脆的枪声划过田野和天际,久久地在老虎山下回荡。

2022年7月28日初稿于东莞

后 记

在中国人民解放军建军95周年前夕，亦即2022年7月28日，描写抗日小英雄黄友故事的《老虎山》一书的初稿终于完成了，我觉得这是一件非常有意义的事：作为一名曾经的军人，能以一部红色革命历史题材的小说向建军节献礼，这既是使命，也是义不容辞的责任！

在东莞有一种广为流传的说法："凤岗文有杨官璘，武有黄友。"因此我写黄友的想法早在十几年前就有了——彼时我刚到凤岗工作不久，因为职业的缘故，我特别注意搜集本土的红色革命故事，就这样发现了抗日小英雄黄友，这激发了我的创作冲动。可惜的是，由于种种原因迟迟未能动笔。

大概是2020年左右，时任凤岗镇宣传委员的叶林同志找到我，问我是否能创作黄友及"小鬼班"的英雄故事、传递凤岗革命先辈的红色精神，我大为激动，想也没想就一口应允下来，然而好事多磨，写到三万多字时因工作单位变动又停笔了。

这样一拖就是一年多。2022年3月，凤岗镇为挖掘本土红色文化，再次启动了黄友及"小鬼班"英雄故事的创作工程，由镇宣传教育文体旅游办牵头，我有幸再度被邀约为作者。为推动创作顺利完成，凤岗镇领导张耀洪、宁康、赵见敏等给予了我诸多帮助和支持，我仅仅用了4个多月就完成了此书的初稿，我内心由衷感谢！

在这里我还要特别感谢一个人，就是我的挚友、文化学者周光明先生。

大概是我们的名字太过相近的缘故（只差中间一个字），在凤岗，至今还有很多人分不清我和周光明先生：要么认为我们是同一个人，要么认为我们是亲兄弟——事实上我和周光明先生也确确实实情同手足。

我于2007年5月到凤岗工作，至今已有15个年头，在此期间，我相继创作了长篇小说《土地》《亲爱的南方》《老虎山》以及长篇散文《失落的周庄》和长篇传记《一代象棋宗师杨官璘》等多部作品，周光明先生是这些作品的第一位读者。可以毫不夸张地说，我在凤岗的所有作品，里面都倾注了周光明先生的一份心血。他于我，不是胞兄却犹若胞兄。

《老虎山》既是对黄友光辉而短暂的一生的回顾，也是我们后人对革命先烈一种深切的缅怀和仰望。不过我要说明的是，《老虎山》不是一部考证严缜的史书，而是一部文学作品，它的人物和故事情节等都经过了艺术加工，不是或不完全是历史的原貌，所以亲爱的读者朋友在阅读的过程不要对号入座。

后 记

　　《老虎山》是继《一代象棋宗师杨官璘》之后我为凤岗写的第二本名人书。会不会有第三本或者更多？这是个未知的问题。但艺术来源于生活，作为一个写作者，只要对生活充满了热爱，创作源泉就永远不会枯竭。

　　此记。